ÉPITRES

Politiques

Sur nos Extravagances.

CONTENANT :

ÉPITRE AU COMTE EDMOND DE V***, SUR LE LIBÉRALISME ;

ÉPITRE AUX LIBÉRAUX, SUR LEUR MANIÈRE DE GOUVERNER LA FRANCE ;

ÉPITRE A M. MONTALIVET, SUR LA PEUR ;

ÉPITRE A M. DE CHATEAUBRIAND, SUR SA DERNIÈRE BROCHURE ;

ÉPITRE AUX 221, SUR LA POPULARITÉ.

Par M. le Brun de Charmettes.

Quand le siècle s'égare, il faut s'en séparer.
ÉPITRE 2.

Paris.

IMPRIMERIE [illegible] RAIRIE DE G.-A. [illegible]

RUE DU COLOMBIER, N° 21 ;

ET PALAIS-ROYAL, GALERIES-D'ORLÉANS, N° 13.

M D CCC XXXI.

ÉPITRES

POLITIQUES

SUR NOS EXTRAVAGANCES.

ÉPITRES

POLITIQUES

SUR NOS EXTRAVAGANCES,

CONTENANT:

ÉPITRE AU COMTE EDMOND DE V***, SUR LE LIBÉRALISME;
ÉPITRE AUX LIBÉRAUX, SUR LEUR MANIÈRE DE GOUVERNER LA FRANCE;
ÉPITRE A M. MONTALIVET, SUR LA PEUR;
ÉPITRE A M. DE CHATEAUBRIAND, SUR SA DERNIÈRE BROCHURE;
ÉPITRE AUX 221, SUR LA POPULARITÉ.

PAR M. LE BRUN DE CHARMETTES.

Quand le siècle s'égare, il faut s'en séparer.
ÉPITRE 2.

A PARIS,

CHEZ G.-A. DENTU, IMPRIMEUR-LIBRAIRE,
RUE DU COLOMBIER, N° 21;
ET PALAIS-ROYAL, GALERIE D'ORLÉANS, N° 13.

1831.

Les épîtres réunies dans ce recueil ont été inspirées par l'impression douloureuse du spectacle que présente depuis neuf mois notre pauvre France, si folle, si dupée, si enivrée de mensonges pendant quinze années, et aujourd'hui si vexée, si pressurée par ceux qui se moquaient d'elle : *Facit indignatio versum.*

Quoique ayant depuis long-temps consacré presque exclusivement ses veilles à des travaux étrangers aux lettres, M. Le Brun de Charmettes n'est pas inconnu dans le monde littéraire. On remarque parmi les ouvrages qu'il a publiés à différentes époques, l'*Histoire de Jeanne d'Arc*, etc., *tirée de ses propres déclarations, de cent quarante-quatre dépositions de témoins oculaires, des manuscrits de la Bibliothèque du roi et de la Tour de Londres;* quatre vol. in-8°. Paris, Arthus Bertrand, 1817; et l'*Orléanide, poëme national en vingt-huit chants,* sur le même sujet; deux vol. in-8°. Paris, Smith, Audin et Arthus Bertrand, 1819 et 1821.

Epître

AU COMTE EDMOND DE V*****.

AVERTISSEMENT.

Le comte Edmond de V***, à qui l'épître suivante est adressée, est un jeune homme obligeant, affable, d'une humeur enjouée, et sociable au plus haut degré. Il fait avec facilité de très-jolis vers, peint agréablement, et possède un talent rare pour jouer la comédie.

Des antécédens pénibles et une éducation toute philosophique l'ont poussé dans des rangs dont auraient dû l'écarter la droiture de son âme et la douceur de ses mœurs.

Quoique professant des principes politiques entièrement opposés aux siens, l'auteur de cette épître a toujours eu beaucoup d'affection pour le comte Edmond de V***. La dernière révolution les a tout à fait séparés, mais elle n'a pu les rendre ennemis.

Janvier 1831.

EPITRE

AU COMTE EDMOND DE V*****,

SUR LE LIBÉRALISME.

Le pire des Etats, c'est l'Etat populaire.
CORNEILLE.

DEUX systèmes rivaux se font partout la guerre,
Cher comte, et sous nos yeux se disputent la Terre.
L'un prétend qu'obéir de l'homme est le devoir;
Fait du Ciel à la Terre arriver tout pouvoir;
Dans les peines du juste en tous temps voit la preuve
Que le monde est un lieu de douleur et d'épreuve,
Où l'homme, être déchu, pervers, malicieux,
Au creuset du malheur s'épure pour les Cieux;
Qu'il est né pour bâtir des maisons et des villes,
Pour connaître des lois et des vertus civiles,
Ainsi que le castor, l'abeille et la fourmi,
Et non pour vivre seul, de tout ordre ennemi;
Qu'une tribu sauvage est un peuple en démence,
Nation qui finit, et non pas qui commence (1);

Que la religion, les sciences, les lois,
Sont autant d'instrumens dont le Ciel a fait choix
Pour rendre par degrés sa première nature
A l'homme dégradé, sa triste créature,
Qu'un grand crime rendit méchant et malheureux (2),
Mais que peut relever un effort généreux;
Que l'ordre social, disposé par étage,
Des soins et des travaux admirable partage,
Ne saurait subister, ni les pouvoirs légaux,
Si les hommes naissaient et demeuraient égaux;
Qu'ils sont tous, âme et corps, de diverse mesure;
Que l'inégalité seule est dans la nature (3);
Qu'il s'ensuit et des rangs et des emplois divers;
Que, pour garder les bons, effrayer les pervers,
Il faut des rois, des lois, des gendarmes, des juges,
Aux méchans des prisons, aux faibles des refuges;
Que des gouvernemens le meilleur est celui
Qui, révérant le Ciel, se règle en tout sur lui;
Que, comme jamais corps, soit d'homme, soit de bête,
Ne se désespéra de n'avoir qu'une tête;
Ainsi qu'à chaque sphère il suffit d'un soleil;
Que Dieu dans l'Univers éclate sans pareil;
C'est assez d'un seul roi, c'est assez d'un seul maître,
Pour rendre un peuple heureux autant qu'il puisse l'être.
L'autre système en tout, cher comte, est différent.
Selon lui, l'homme seul de soi-même est garant.
Dieu, si tant est qu'il soit, et qu'il ait fait le monde,
Laisse au hasard rouler cette machine ronde.
Tous les hommes sont nés égaux, libres et bons:
Il faut laisser aller et par sauts et par bonds

Cette espèce innocente, et briser son servage.
L'homme n'est accompli que dans l'état sauvage.
Ses vices, ses erreurs, ses haines, ses forfaits,
Des institutions sont les tristes effets.
Religion et lois, tout pouvoir, tout empire,
A corrompre son être également conspire.
Qu'on le laisse à lui-même, et, de l'ordre amoureux,
Il va redevenir doux, loyal, généreux.
Ne l'irritons donc point par d'injustes entraves!
Pourquoi des dieux mortels faire de vils esclaves?
Aux peuples abrutis laissons les songes vains
De Paradis, d'Enfer et de pouvoirs divins!
Pour craindre de mal faire et pour en fuir l'envie,
L'homme n'a pas besoin de croire en l'autre vie:
Son instinct lui conseille et le bon et le beau;
Sa raison de ses sens est le plus sûr flambeau;
S'il ne l'écoute pas, il a sa conscience
Dont il voudrait en vain calmer l'impatience;
Et, sans qu'il soit besoin de flammes, ni de fer,
Il trouve dans son cœur son juge et son enfer.
D'un être si parfait, si pur, si magnanime,
Que la Vertu conduit, que la Sagesse anime,
La Nature n'a point, méconnaissant ses droits,
Fait l'esclave éternel des prêtres et des rois:
C'est en soi qu'il doit croire; il est roi de lui-même;
Il est pontife et Dieu; thiare et diadême
Ne tiennent que de lui leur éclat emprunté;
A lui seul le pouvoir, la souveraineté;
Et, si son bon plaisir à des rois les délègue,
Il peut les leur ôter, leur donner maint collègue,

Les changer à son gré, tantôt moi, tantôt vous;
Détrôner Charles-Dix et couronner Bavoux;
Ou, se passant de rois, d'autorité suprême,
Chasser tous ses valets, et se servir soi-même.
Tels sont des Grotius, des Montesquieu nouveaux,
Des modernes Solon les systèmes rivaux.
Leurs principes, féconds en luttes infinies,
Rappellent des Persans ces suprêmes génies,
Oromaze, Arimane, et leurs agens divers,
D'une guerre éternelle agitant l'Univers.
L'un répand la lumière et combat les ténèbres;
L'autre épaissit partout des nuages funèbres;
Et, dans de longs combats, par ces géants foulé,
Jusqu'en ses fondemens le Monde est ébranlé.
Telle est du Droit divin et du Droit populaire
Dans l'Europe aux abois la lutte séculaire.
Du sang prêt à couler trop sûrs avant-coureurs,
Des flots d'encre ont d'abord signalé leurs fureurs;
Mais bientôt les poignards succédèrent aux plumes (4),
Les balles aux bons mots, les pavés aux volumes,
Et partout on entend proclamer pour tous droits
L'*ultima ratio* des peuples et des rois (5).
On m'assure qu'entre eux aujourd'hui tu balances,
Cher comte, et qu'effrayé de quelques violences,
Que du peuple jamais on n'eût dû redouter,
De ses hautes vertus on te verrait douter.
Cependant sur ton front le Morin (6) vit éclore
Du peuple souverain l'emblême tricolore,
Et, grâce à sa faveur, un choix judicieux
T'a fait de C*** maire en attendant mieux.

C'est peut-être un peu tard regarder en arrière :
Malheur à qui s'arrête en semblable carrière !
Mais, puisque tu prétends réfléchir désormais,
Cher comte, raisonnons : mieux vaut tard que jamais.
Ami, des imposteurs ont séduit ta jeunesse.
Cadet, l'on t'eût fait craindre un nouveau droit d'aînesse;
Fils unique, ils ont feint d'être très-mécontens
De voir les hauts emplois t'échapper si long-temps ;
Et, sans peine abusant un cœur simple et facile,
A leur perfide adresse ils t'ont trouvé docile.
Contre tes propres droits ils ont, à ton insu,
Armé la vanité de ton esprit déçu.
Dupe du ton d'oracle et du brillant parlage
Dont nos réformateurs font si grand étalage,
Tu n'as point aperçu sous leurs masques dorés
Les basses passions dont ils sont dévorés,
Et l'Intérêt sordide, et l'Ambition vaine,
Et le sot Amour-propre, et l'Envie, et la Haîne ;
Et, te voilant l'abîme, et l'entourant d'appâts,
Leur voix fallacieuse y conduisit tes pas.
Moi, je veux de tes yeux, que l'Imposture abuse,
Arracher le bandeau dont les couvrit la Ruse.
Nos modernes Hampden (7) t'ont dit avec fierté
Qu'ils voulaient aux humains rendre la Liberté.
La Liberté ! beau mot, séduisante chimère,
Dont l'homme en vain poursuit le fantôme éphémère,
Et que, pour l'abuser, tous les ambitieux
Font espérer au peuple et briller à ses yeux.
Quiconque, par le Sort éloigné de l'empire,
Aux grandeurs, au pouvoir secrètement aspire,

A toujours invoqué ce mensonge romain,
Pour mettre aux ignorans les armes à la main;
Mais, le pouvoir atteint grâce à la multitude,
A la remuseler chacun met son étude.
Ainsi, quand des Tarquins le perfide parent
Voulut s'armer contre eux d'un prétexte apparent,
Et faire sur son front descendre leur couronne (8),
Son roman maladroit n'eût ameuté personne,
Et chacun de mensonge eût traité sans remord
Le viol de Lucrèce expié par sa mort (9),
S'il n'eût, pour la venger avec magnificence,
Promis d'abord au peuple une pleine licence,
Et le partage égal des trésors convoités,
Par les Tarquins dans Rome autrefois apportés;
Mais, sitôt que du trône il eut chassé ses maîtres,
Brutus ne partagea qu'avec de nobles traîtres,
De fiers patriciens, aussi brigands que lui,
Les biens qui de trop près à leurs yeux avaient lui (10).
Tous devinrent des rois, et Dieu sait le salaire
Dont leur orgueil paya la tourbe populaire!
Bientôt, manquant de pain sous ces maîtres nouveaux,
Accablé de tributs, surchargé de travaux,
Le triste plébéien, pâle et l'estomac vide,
Vit dans tout sénateur un créancier avide,
Qui d'intérêts accrus s'amassait un trésor,
Et, la verge à la main, redemandait son or:
Car les républicains ont toujours voulu faire,
Aux dépens du prochain, certain genre d'affaire.
En vain, pour apaiser l'huissier et le sergent,
En labeurs redoublés s'épuisait l'indigent;

Trop souvent, pour garder un père à sa famille,
Il fallut leur livrer ou son fils ou sa fille,
Et lui-même, vaincu par tant de maux soufferts,
A la fin s'allait vendre, et demandait des fers.
Aussi, ce que jamais sous leurs rois ils ne firent,
Mis à bout, les Romains de Rome se bannirent,
Et partirent un jour pour le mont Aventin,
Ne pouvant plus long-temps endurer leur destin,
Ni cette Liberté que leur peignit si belle
Une avide cabale à ses princes rebelle.
Ce que l'on vit alors, on l'a vu de tout temps:
En tous lieux et toujours il est des mécontens
Qui, brûlant d'une sombre et basse jalousie,
Peuvent dans tous les cœurs souffler la frénésie,
Pousser la multitude à l'assaut du Pouvoir,
De l'insurrection lui faire un saint devoir (11),
Armer ce Briarée, et sous ses bras sans nombre
Accabler Jupiter, changer sa gloire en ombre,
Et faire succéder à l'éclat d'un beau jour
La ténébreuse horreur de l'infernal séjour;
Mais ils ne peuvent pas, tremblans pour leur conquête,
Toujours flatter les Vents, caresser la Tempête;
Et, pour se maintenir en un rang hasardeux,
Ils les enchaîneront au bout d'un mois ou deux.
Ainsi toute Révolte au despotisme aspire;
De là pour les tribuns élevés à l'empire
La nécessité d'être, ou plus tôt, ou plus tard,
Des tyrans ombrageux et savans en cet art.
Vois les Rébellions de France et d'Angleterre:
Teintes du sang des rois, toutes deux à la Terre

Promirent à l'envi l'antique Liberté;
Mais bientôt à la plainte, au reproche emporté,
Des populations qui trop haut les maudirent,
A grands coups de canon toutes deux répondirent (12),
Et d'un courroux muet les peuples embrasés
Sous le char des tyrans gémirent écrasés.
Alors, pour ne parler que de la pauvre France,
Dont abonde en témoins l'incroyable souffrance,
D'un peuple pour tout Dieu proclamant la Raison,
On vit une moitié s'en aller en prison,
Et l'autre, maudissant le fiacre qui l'apporte,
Une pique à la main, la garder à la porte.
Cependant de l'Etat le triste créancier
Par le Fisc alongeant ses deux griffes d'acier
Se vit voler deux tiers, et consolider l'autre
Sur les brouillards des bords dont Denis fut l'apôtre.
Le bourgeois pacifique, à la guerre marchant,
Fit, les larmes aux yeux, ses adieux au marchand
Qui, de la Liberté grand zélateur naguère,
N'avait plus même, hélas! la liberté vulgaire
De vendre ou de garder, au fond des magasins,
Ses sucres, ses cafés, ses savons et ses vins,
Et, pour de vains chiffons, en baissant les oreilles,
Livrait au *maximum* ses huiles sans pareilles.
Bientôt on n'osa plus se montrer en plein jour;
Il ne fut plus permis de changer de séjour,
De porter un habit, de conserver dans l'ombre
Quelques tristes écus, restes d'un plus grand nombre,
D'écrire à ses amis, de prier, de gémir,
De parler, d'écouter, de rêver, de frémir;

Et la Perversité, du silence offensée,
Jusques au fond des cœurs poursuivit la Pensée.
Partout des surveillans, Argus aux yeux hagards,
Partout des échafauds effrayaient nos regards.
Roi, reine, princes, grands, gentilshommes et prêtres,
N'y montèrent pas seuls; sur les pas de leurs maîtres
On y vit les valets à leur tour entassés:
La Révolution n'a jamais dit: « Assez! »
Et ce tigre saisit, de ses griffes ingrates,
Parmi des savetiers des cous aristocrates.
Voilà les libertés, ami, voilà les droits
Que rendent aux humains les détrôneurs de rois!
  La raison? diras-tu. Si tu la veux connaître,
C'est que la Liberté n'est pas, et ne peut être;
Que l'homme, en y croyant, s'abuse, et qu'en effet,
Tel qu'il est devenu, pour elle il n'est pas fait.
  Oh! que s'il était vrai que l'homme fût encore
L'être pur que Rousseau de tant d'éclat décore,
Juste, sensé, civil, du vrai seul amateur,
Tel enfin qu'il sortit des mains du Créateur,
La Liberté serait son droit, son héritage;
Des tyrans seuls voudraient limiter son partage.
Que serait-il besoin pour cet être parfait
De roi, de tribunal, de maire, de préfet?
Jamais rien que de bon, de beau, de grand, de juste,
Ne serait souhaité par ce penseur auguste;
La Vérité serait et sa règle et sa loi:
Mais en est-il ainsi?... Regarde autour de toi!
  Supposons un moment l'homme entièrement libre:
De la société que devient l'équilibre?

Qui maintiendra ses lois? Si j'ai le droit complet
De suivre mes penchans, d'agir comme il me plaît;
Mes besoins, mes désirs, mes volontés brutales,
Rencontreront bientôt des volontés rivales:
L'Intérêt, du Bon Sens étouffera la voix;
La lutte s'engageant en cent lieux à la fois,
La guerre universelle au même instant s'allume;
Le sabre, de l'huissier heurte et brise la plume;
Ministère public, gendarmes, tribunaux,
Lois, édits, règlemens, exploits, procès-verbaux,
Tout cela n'est plus rien, et ne saurait défendre
Le faible que le fort veut piller ou pourfendre:
Car, dans le mal d'autrui s'il trouve son bonheur,
La Vertu, la Raison, la Justice, l'Honneur,
N'arrêteront jamais un rustre sans scrupule,
Sans Dieu, sans loi, sans maître, et fort comme un Hercule.
Quel chaos! quel carnage!... Ils ne dureraient pas;
Car, de sa liberté faisant très-peu de cas,
Et connaissant trop tard qu'elle ne fut qu'un leurre,
Le faible aux pieds du fort l'abdiquerait sur l'heure.

Autre embarras. Comment, de leurs fautes marri,
A sa femme osera commander un mari,
A son valet un maître, à son enfant un père?
Croit-on que l'ordre y gagne et que la paix prospère?
« Eh quoi! » dira l'épouse à l'époux confondu,
« Lorsque son libre arbitre à chacun est rendu,
Seule de tous mes droits languirai-je privée?
Non. De ma liberté si l'heure est arrivée,
Je puis changer d'époux quand j'en vois de meilleurs.
Vous ne me plaisez plus; je vais chercher ailleurs.

À m'ennuyer chez vous il n'est rien qui me force,
Et je prétends courir de divorce en divorce.
Que dis-je? pour jamais je laisse là l'hymen.
A quoi bon un contrat qu'on peut rompre demain?
Je veux pouvoir passer, librement romantique,
De l'amour indigène à l'amour exotique,
Et satisfaire enfin ma curiosité,
Ce besoin de l'époque, à bon droit si vanté! »
« Frère! » dira plus loin le laquais à son maître,
« Nous sommes libres tous et nous le devons être.
A coucher sous ton toit, à vivre à tes dépens,
Je veux bien consentir; ce dont je me repens,
C'est d'avoir pu penser que, pour un vain salaire,
Je dusse constamment à tes ordres complaire.
L'éternelle Equité veut un autre retour.
Je t'ai servi six mois; obéis à ton tour.
Chaque race a le sien, blanche, noire ou cuivrée:
Passe dans l'antichambre et revêts la livrée! »
Et que pourra répondre un père à son enfant,
Quand celui-ci viendra, d'un air tout triomphant,
Lui dire: « Citoyen, de tous les droits de l'homme
(Qu'il n'a point, tu le sais, perdus pour une pomme),
Le plus sacré de tous et le plus précieux
Est cette Liberté qu'on proclame en tous lieux.
Je prétends désormais en jouir sans entrave.
L'âge ici ne fait rien. Je ne suis point esclave.
Partant, comme il me plaît, je veux pouvoir sortir,
Manger, boire, chanter, danser, me divertir,
Jeter mon catéchisme à quelque camaldule,
Fracasser un miroir, briser une pendule,

Mener ton tilbury, laisser là Cicéron,
Et lire l'Arétin, Robbé même, et Piron. »
C'est peu : de Saint-Simon voici venir en foule
Les disciples hardis devant qui tout s'écroule.
« Ça! » disent-ils, « comptons. A la société
Appartient, comme on sait, toute propriété.
Ce n'est qu'en usufruit, et pour un temps honnête,
Qu'elle en cède une part, ou bien plutôt la prête;
Toujours elle conserve, et les ans n'y font rien,
L'imprescriptible droit de reprendre son bien.
Que de sa jouissance elle change le mode,
Et, lasse de l'ancien, s'en fasse un plus commode!
Qu'au lieu de confier à chacun une part
Jusqu'ici par le sort désignée au hasard,
En commun désormais toute la race humaine
Exploite et sans débats moissonne son domaine!
La justice le veut. Biens, épouses, enfans,
Anes, chevaux, mulets, bœufs, chameaux, éléphans,
Tout doit être indivis. L'égoïsme est infâme.
Tout appartient à tous jusque et compris ta femme (13). »
Pour moi, je ne vois pas ce qu'un vrai libéral
Aurait droit d'opposer à ce vœu général.
« Un moment! » diras-tu. « D'abord il faut s'entendre.
La Liberté sans borne, on n'y doit pas prétendre;
Le Désordre bientôt accourrait sur ses pas;
Elle n'est pas possible, et nous n'en voulons pas:
C'est d'une Liberté par les lois limitée,
Non pas même de Rome et d'Athène imitée,
Mais telle qu'en jouit l'Angleterre à nos yeux,
Ou des Etats-Unis le peuple aimé des Cieux,

Que nous voulons doter, après tant de souffrance,
Les brillantes tribus de notre jeune France. »
Fort bien! Ainsi, telle est ta folle déité,
Que, redoutant sa fougue et sa férocité,
Tout en la couronnant de laurier et de chêne,
Nul ne veut la servir à moins qu'on ne l'enchaîne;
Et qu'abusant nos yeux par un encens trompeur,
Ses prêtres imprudens eux-mêmes en ont peur!
Tel, la hache à la main, les pieds de sang humides,
Hésus, dans nos forêts, effrayait ses druides (14).
Est-ce une déité du Ciel ou des Enfers,
Que celle à qui d'abord il faut mettre des fers?
Mais qui t'a dit qu'on veuille, assouvi de ravage,
De cette Liberté réduite en esclavage?
Et de quel droit viens-tu, Lycurgue au front d'airain,
En imposer le culte au Peuple souverain?
Déserteur d'Oromase, il peut suivre Arimane.
S'il est vrai que de lui toute puissance émane,
C'est à lui de choisir; il ne t'appartient pas
D'asservir ce colosse à ton petit compas,
Ni de lui mesurer, de peur qu'il ne s'enivre,
Le nectar capiteux que le hasard lui livre.
« D'accord, » dis-tu. « Je sais qu'il faut son agrément;
Nous le consulterons. » Quand? en quel lieu? comment?
A trente millions d'humaines créatures
Soumettras-tu des lois et des chartes futures?
Où rassembleras-tu cet immense congrès?
Qui réglera sa forme, écrira ses décrets,
Présidera, des voix établira le compte?
— « A part on votera, chose facile et prompte.

Chaque maire ouvrira son registre votal,
Et des voix, un beau jour, on fera le total. »
Et qui nous répondra que le compte est fidèle?
Mais soit! de probité tout maire est un modèle;
Il ne peut ni tromper ni commettre d'erreur.
Quand le consul vit jour à passer empereur,
Peu dirent oui; beaucoup gardèrent le silence:
Faudrait-il aujourd'hui leur faire violence,
Comte? et de quel côté, ferme en ce mauvais pas,
Rangera-t-on des vœux qui ne s'expliquent pas?
— « D'aucun. Tant pis, d'ailleurs, pour qui ne se prononce!
Qui n'use pas d'un droit, par-là même y renonce. »
— Ah! dis plutôt qu'alors aux oppresseurs confus
Un froid silence exprime un dédaigneux refus!
  Mais enfin, voudras-tu qu'à voter on convie
Quiconque sur nos bords aura reçu la vie?
— « Sans doute! » — Ainsi, voilà les femmes, les enfans...
— « Non pas! » — Les insensés... « Oh! je leur défends! »
— Le maçon, le paveur, le manœuvre champêtre,
Le pâtre aussi pesant que le bœuf qu'il fait paître,
Le marmiton crasseux, le sale savetier,
Le forçat, le bourreau, qui, laissant leur métier.....
— « Non, non; je les exclus pour cause d'ignorance. »
— Hé! de quel droit? D'où viens que tu fais différence
Entre gens habitant dans le même séjour,
De même taille, et nés peut-être en même jour?
Qui t'a dit que la femme a moins d'esprit que l'homme?
La Gaule sur ce point en sut autant que Rome,
Et les femmes long-temps, maîtresses des Gaulois,
Dirigèrent leur culte et dictèrent leurs lois.

De cet ivrogne époux qui de coups la régale,
Quoi! cette femme en pleurs ne serait pas l'égale?
Sous son joug oppressif la loi la courbe en vain;
Sa patience en fait presqu'un être divin!
Et cet enfant, pourquoi rejeter son suffrage?
Henri de Montcontour sut prévoir le naufrage (15).
En vain les cerfs-dix-cors l'emportent sur les fans:
Que de jeunes vieillards et que de vieux enfans!
Quant à ces malheureux, ces grossiers prolétaires,
J'en ai vu qui donnaient des avis salutaires;
Et je ne conçois pas comment, d'un front serein,
Tu viendrais mutiler le Peuple souverain.
C'est avec peu d'égards traiter son droit auguste.

Je prévois ta réponse. « Il est sage, il est juste, »
Diras-tu, « que toujours par les plus éclairés
Les autres soient instruits, guidés, régénérés;
Que de la nation la plus saine partie
Fasse des lois au reste: et la foule abrutie
Ne peut participer à ce sublime emploi
D'entendre, de débattre et d'accepter la loi.
Dans son intérêt même, il faut que, sans scrupule,
Quelqu'un la représente et pour elle stipule;
Et c'est ce que feront les classes que le sort
Fit jouir des leçons dont la lumière sort. »

On ne peut mieux parler. Mais, cette foule absente,
Pour qu'en son nom l'on traite, il faut qu'elle y consente.
Que dirait un cadet si, sans le consulter,
Son frère en un contrat l'osait représenter,
Et prétendait pouvoir, à titre de plus sage,
De quelque droit commun régler entre eux l'usage?

Ainsi, pour écarter du vote primitif
Et faire renoncer au droit constitutif
Le paveur, le bouvier, l'enfant, le fou, la femme,
L'ivrogne, l'indigent, l'ignorant et l'infâme,
Infâmes, ignorans, indigens et buveurs,
Femmes, enfans et fous, et bouviers, et paveurs,
Devront se prononcer, partager ta créance,
Contre eux-mêmes ligués, voter leur déchéance;
Et l'embarras qu'en vain tu veux dissimuler,
Loin de s'évanouir, n'a fait que reculer.
« Puisqu'il ne se peut pas, pour être véridique,
Que régulièrement la Populace abdique,
Peut-être avons-nous droit, » diras-tu, « de penser
Que de l'interroger on peut se dispenser. »
Que hasardes-tu là, cher comte? prends-y garde!
De nos réformateurs la foule te regarde.
Il ne te reste plus que d'oser soutenir
Qu'aux derniers rangs le Peuple est fait pour se tenir;
Et, comme on dit, poussé par la force des choses,
C'est l'aristocratie, ami, que tu proposes!
A ce terrible mot je vois ton front blanchir,
Et tes yeux se troubler, et tes genoux fléchir.
« Moi! » dis-tu, « que plutôt mille fois on m'accuse
D'avoir de C*** fait une Syracuse,
Et, moderne Denis, sur les bords du Morin,
Courbé la Liberté sous un sceptre d'airain,
Que de me supposer la détestable envie
De porter quelque atteinte à ce droit plein de vie,
D'avenir, de puissance et de légalité,
L'Égalité, l'aimable et douce Égalité! »

J'ai pitié de ta peur, et, loyal adversaire,
Je veux bien un moment te supposer sincère.
Tu veux l'Égalité, tu l'adores, dis-tu?
Mais, proclamer ce dogme, est t'avouer battu.
Si les droits des humains sont égaux, rien, je pense,
De les consulter tous en tel cas ne dispense:
Prendre l'avis des uns, et non de tels ou tels,
C'est fouler à ses pieds les titres des mortels;
Et c'est joindre l'insulte à l'appât d'un faux leurre,
Que d'établir un droit pour l'enfreindre sur l'heure.
Parlons à cœur ouvert, et calme ton émoi.
« D'Egalité, » dis-tu, « chacun raffole... » Et moi,
Je soutiens qu'il est faux que personne en sa vie
De l'établir jamais ait vraiment eu l'envie.
Chacun d'un œil jaloux voit, surtout aujourd'hui,
Un plus riche, un plus noble, un plus puissant que lui;
Il voudrait s'égaler à tout ce qui le passe,
Et des rangs, en montant, pouvoir franchir l'espace;
Mais aucun n'a jamais consenti de plein gré,
Par amour du prochain, à descendre un degré.
Le docteur libéral, fier du nom d'Hipocrate,
Trouve l'apothicaire un peu trop démocrate
S'il veut marcher de pair, et le tailleur altier
De sa table élégante écarte le bottier.
L'orgueil du rang se voit chez le savetier même.
Ce n'est donc point, ami, l'Égalité qu'on aime;
C'est la Prééminence, objet d'un vain souhait,
Qui blesse dans autrui, qu'on envie et qu'on hait.
Si j'en crois La Fontaine et mainte comédie,
Des Français en tout temps ce fut la maladie;

Mais si ce mal si sot nous travailla toujours,
Il n'a jamais gâté plus de gens qu'en nos jours.
Chacun veut s'élever au-dessus de sa sphère.
Quiconque sur ce point ne se peut satisfaire,
De sa profession Don Quichotte soudain,
Passe en orgueil les fous chers à monsieur Jourdain (16).
Le banquier qu'enrichit mainte ruse illégale,
Au maréchal de France exige qu'on l'égale;
Le grand Hugo préfère aux titres d'un Rohan
La palme d'*Hernani* jointe au laurier de *Han;*
Et du nouveau clysoir l'inventeur ridicule
Veut être mis au rang de Thésée et d'Hercule.
Ainsi l'Égalité n'est qu'un prétexte vain.
Tel l'invoque aujourd'hui qui s'en rirait demain.
Le temps n'est pas si loin qui m'en fournit la preuve,
Et nos réformateurs furent mis à l'épreuve.
D'un monarque si bon qu'il n'osait se mouvoir (17),
On les vit à l'envi démolir le pouvoir,
Et, des rangs abattant le savant artifice,
De la société renverser l'édifice;
Mais bientôt, des débris ardents à s'emparer,
Des titres des vaincus on les vit se parer:
Brutus se pavana sous la toque d'un comte;
Scévola de rubans se chamara sans honte;
De crachats éclatans Gracchus même couvert
D'un premier écuyer endossa l'habit vert,
Et du fier Marius l'audace indépendante
Etala la clef d'or à sa poche pendante.
Alors l'orgueil s'unit à leur luxe indigent,
Et la faim des honneurs à la soif de l'argent.

Mais leurs noms trahissaient leur modeste origine ;
Et le baron Baudet et le baron Farine,
Et le comte Rissole et le comte Poïlon,
Sonnaient mal à l'oreille aux portes d'un salon;
Et d'emprunts vaniteux leur bizarre folie
Epuisa l'Allemagne ainsi que l'Italie.
Alors on n'entendit que Rhinsberg, Fardenberg,
Woldenberg, Lakenberg, Fürstenberg, Krakenberg;
Des bulletins français les Français disparurent;
A leur honte en tous lieux mille bruits en coururent;
Et plus d'une duchesse, entendant l'annoncer,
Ne connut pas son nom, et craignit d'avancer (18).
Ami, l'Egalité n'est pas plus praticable
Que cette Liberté dont le fardeau t'accable;
Et de ce dogme faux le plus chaud partisan
Refuserait sa fille au fils d'un artisan.
Va-t-en dire au banquier que la Noblesse irrite,
Qu'il invite à son cercle un cocher de mérite!
Va voir si, dérogeant, sur le quai Malaquais,
Un libraire offrira son siége à ton laquais!
Ils ne le feront pas, et ne le peuvent faire.
Pourquoi? c'est qu'en son cœur chacun d'eux se préfère
A cet inférieur qu'on lui veut égaler,
Et, l'élevant à soi, croirait se ravaler;
C'est qu'en dépit de l'art que Rousseau nous étale,
Et de son éloquence à la raison fatale,
Chacun sent qu'après tout, de la puce au soleil,
Le Très-Haut n'a rien fait d'égal ni de pareil;
Que d'une feuille en vain celui qui l'a choisie,
Dans toute une forêt chercherait le Sosie;

Que tout diffère, en l'air, sur terre, et sous les eaux;
Que d'une même main les doigts sont inégaux;
Que les deux mains n'ont pas les mêmes apparences;
Que même entre jumeaux il est des différences;
Et que l'âge, le sexe et le tempérament
Auraient bientôt classé chacun différemment,
Quand l'instinct et les mœurs, les lois et les usages,
N'auraient pas tout casé, même chez les Osages (19).
C'est la loi de Nature, et nos Solons en vain
S'efforcent de lutter contre l'arrêt divin.
Nourris de même lait, sous pareille jaquette,
On n'eût pas confondu Turenne et Lafayette;
Jean-Baptiste n'est pas plus semblable à Hugo
Que l'*Ode à la Fortune* au *Chant du Vertigo* (20).
S'il est une injustice à nulle autre seconde,
Une iniquité sotte, en repentirs féconde,
C'est d'appeler, mêlant lanternes et soleils,
Des êtres inégaux à des pouvoirs pareils.
   Ainsi donc, à ce peuple inflammable, irascible,
Les héros de juillet ont promis l'impossible,
Quand ils ont, proclamant sa souveraineté,
Ecrit sur leurs drapeaux : L'*Ordre et la Liberté*.
L'Ordre et la Liberté! l'ironie est sanglante.
C'est marier le tigre à la brebis tremblante,
La panthère au coursier, la colombe à l'autour;
C'est mettre en même cage alouette et vautour.
Il n'est d'Ordre et de Paix qu'où l'Autorité règne.
Qui veut être obéi doit tâcher qu'on le craigne.
S'il n'est pas respecté tout trône croule à bas;
Et l'on estime peu ce que l'on ne craint pas.

Malheur à qui mettrait ses soins et son étude
A marcher au hasard avec la Multitude,
Et prétendrait borner son humble autorité
A proclamer les lois de la Majorité!
Eh! pourquoi sous son joug faudra-t-il que l'on plie?
Qui dit *Majorité*, dit Sottise et Folie.
C'est la Majorité qui dans Troie autrefois
Fit pénétrer Ulysse et le Cheval de bois;
C'est la Majorité, non moins folle qu'ingrate,
Qui bannit Aristide et fit mourir Socrate;
C'est la Majorité qui, sotte avec aplomb,
Enfermait Galilée et persiflait Colomb;
Qui décernait, au gré d'une nouvelle Alcine (21),
Des palmes à Pradon, des chardons à Racine,
Conspuait *Athalie* (22), et de l'hommage dû
Deshéritait l'auteur du *Paradis perdu* (23).
C'est aux esprits communs, c'est aux âmes vulgaires,
A suivre pas à pas, en valets mercenaires,
L'Opinion du jour, cent fois dût-elle errer;
Quand le Siècle s'égare, il faut s'en séparer,
Ou plutôt, de ses traits affrontant l'injustice,
L'arrêter, fût-on seul, au bord du précipice.
Ce n'est point en flattant les erreurs de leur temps,
Qu'à la Gloire ont marché tant d'esprits éclatans;
Et Corneille et Boileau, Molière et La Fontaine,
Ce Racine vainqueur et de Rome et d'Athène,
Miche-Ange et David (24), Copernic et Newton,
Ce héros qui soumit le Nord à son bâton,
Et ce grand Frédéric, et, s'il faut te le dire,
Napoléon, qu'on peut admirer et maudire,

Tous bravèrent leur Siècle au lieu de l'aduler,
Et sous leur ascendant l'ont fait capituler.
On vit plus d'un grand homme, affrontant les naufrages,
S'honorer des sifflets et rougir des suffrages.
Phocion froidement les subit tour à tour:
Athène à son avis applaudissant un jour,
Vers les siens il se tourne, et, d'un air de surprise:
« Aurais-je, » leur dit-il, « lâché quelque sottise? »
« Combien, » disait Chamfort au célèbre Garrick,
« Combien faut-il de sots pour former un public? »
Que si vous adoptez de contraires maximes,
La France tombera d'abîmes en abîmes.
Ami, n'en doute pas; nos yeux verraient encor
Ce monstre au cœur pétri de sang, de boue et d'or,
L'affreux Démogorgon, démon de l'anarchie (25),
A son hydre deux fois de rapine enrichie,
Livrer nos biens, nos jours, nos femmes, nos enfans,
Nous envelopper tous dans ses plis étouffans,
Et traîner sur l'arène, abattue et mourante,
L'aveugle France en proie à sa faim dévorante.
Alors aux Libéraux ne servirait de rien
D'avoir aidé le monstre à briser son lien:
Les tigres et les ours sont sans reconnaissance.
Sans honte il pillerait le Crime et l'Innocence,
L'impie et le dévot, le noble et le banquier,
Le grand capitaliste et le fier boutiquier,
Les preux que de juillet la médaille décore;
Et, fussent-ils cent fois plus libéraux encore,
Ternaux de ses moutons pleurerait dépouillé,
Et sur son vespétro la triste Petmouillé (26).

« Mais tout autre système est une tyrannie.
La souveraineté du Peuple..... » Je la nie.
Est-ce à toi, noble comte, est-ce aux esprits bien faits
A soutenir ce dogme, ayant vu ses effets?
Regardes-y de près, c'est folie et mensonge;
J'y vois l'incohérence et le vague d'un songe.
Le Peuple souverain! quel fantôme trompeur!
Ces deux mots accouplés l'un l'autre se font peur.
Eh! de quoi souverain? Ne faut-il pas, pour l'être,
De quelque autre que soi pouvoir se dire maître?
Qu'est-ce qu'un souverain qui n'a point de sujets;
Qui ne peut commander ni former de projets;
De qui, s'il en avait, la volonté suprême
Serait au plus habile un éternel problême;
Dont, quand il veut parler, les innombrables voix
Font entendre le *pour* et le *contre* à la fois;
Et qui, lorsqu'on l'appelle à régir ses conquêtes,
Entrechoque à grand bruit des millions de têtes?
Un tel être, partout (faut-il le demander?),
Est fait pour obéir, et non pour commander.
Ainsi Dieu l'a voulu. Sa sagesse profonde
Le soumit en tous temps, dans tous les lieux du monde,
Au joug du petit nombre, et plus souvent encor
Aux lois d'un seul mortel, son guide et son Mentor.
Ce que l'on vit toujours et ce qui toujours dure,
A bien l'air, entre nous, d'être dans la nature;
Et de l'esprit humain les progrès furent lents,
Comte, si l'Univers radota six mille ans!
S'il n'est pas souverain, pour dernière ressource,
Du pouvoir souverain tu veux qu'il soit la source.

Comment la serait-il? C'est la chercher trop bas :
On ne peut déléguer un droit que l'on n'a pas.
Quoi! cet être insensé, né pour l'obéissance,
Donnerait à son gré la suprême puissance!
Cet acte évidemment passerait son savoir;
Donc il passe son droit borné par son pouvoir.
Hélas! ce n'est pas tout : faudrait-il te l'apprendre?
S'il pouvait la donner, il pourrait la reprendre.
Des rois qu'il aurait faits les règnes seraient courts,
Et devant leur auteur ils ramperaient toujours.
Dès lors, qu'attendre d'eux qu'embarras et faiblesse?
Un trône sans appui sous un roi sans noblesse,
Pourrait-il protéger la paix, l'ordre et les lois,
Prêt à tomber lui-même et tremblant pour ses droits?
  Concluons. Tu voulus une liberté sage;
Et qui dit *liberté*, dit *désordre et pillage.*
Tu rêvas une aimable et douce égalité;
Et c'est une impossible et folle iniquité.
Enfin tu crus trouver un appui tutélaire
Dans la vertu du nombre et le droit populaire;
Et ce dogme imprudent, de cahots en cahots,
Nous conduit dans l'abîme, et nous mène au chaos.
  Permets que maintenant et pour terminer, comte,
De l'aimable Berquin je te rappelle un conte (27).
  Un bon père entendit ses enfans en secret
D'être à ses lois soumis exprimer le regret.
« Comme il doit être doux, oh! quel bonheur extrême, »
Disaient-ils, « d'être libre et maître de soi-même,
De n'être gouverné que par son propre sens! »
— « Eh bien! » leur dit leur père, « essayez; j'y consens.

A partir de demain j'abdique mon empire.
Oui, cette indépendance où votre cœur aspire,
Je vous l'accorde, et veux que vous en jouissiez
Jusqu'à ce qu'en mes mains vous-même y renonciez. »
— « Oh! s'il en est ainsi, vous pouvez bien comprendre
Que vous serez long-temps, mon père, à la reprendre! »
Le lendemain venu, l'on se leva fort tard.
Déjà de la journée avait passé le quart.
On s'aborda pesans, sans appétit, maussades.
D'un brillant déjeûné les mets parurent fades.
Mais d'une liberté sans contrôle et sans fin
L'agréable penser les ranimant enfin,
Nos marmots enivrés d'un espoir délectable,
Avec des cris joyeux s'élancèrent de table.
Sitôt qu'ils furent seuls, l'un à l'autre, à l'instant,
Ils proposent des jeux; aucun n'en est content.
Julie, au domino très-savante, y convie
Le bruyant Casimir, qui n'en sent nulle envie.
« Sois mon cheval, » dit-il, « et moi, le fouet en main,
Je conduirai le char en empereur romain! »
— « Qui, moi? » répond sa sœur, « moi, qu'autour de la salle
Je courre ayant aux dents quelque ficelle sale,
Tes pieds sur mes talons, si je n'avance pas,
Et sans cesse ton fouet résonnant sur mes pas?
Non, non; fi d'un tel jeu! » — Je n'en aime pas d'autre, »
Réplique Casimir. — « Eh bien! chacun le nôtre! »
Elle dit, et chacun dans un coin va bouder.
Ne se voulant en rien l'un à l'autre céder,
On rebuta les dés, les volans et la boule.
En contestations le temps enfin s'écoule.

L'heure du dîner sonne ; on s'y rend tristement.
Mais bientôt sur vingt mets avec ravissement
Leur œil friand s'égare; à ses goûts on se livre,
On s'arrache les plats, on s'étouffe, on s'enivre;
Le Champagne et le Kirch, enflammant leurs cerveaux,
Faillirent les changer en Lapithes nouveaux,
Et, s'il m'en souvient bien, pour couronner la fête,
Trois fois on se jeta les verres à la tête.

On se raccommoda; mais, dans le fond du cœur,
Chacun, de son côté, garda quelque rancœur.
Enfin, l'amour du jeu, ce besoin de l'enfance,
Rapprocha nos bambins. Une austère défense
Leur avait jusque-là par prudence interdit
Une barque, où d'abord Casimir descendit.
Il appelle sa sœur. « On nous verrait peut-être ! »
Dit Julie. — « Eh! qu'importe à qui n'a point de maître? »
Réplique l'étourdi. « Viens donc, et ne crains pas! »
L'imprudente le suit. Envoyé sur leurs pas,
On dit qu'un précepteur au long nez, à voix grêle,
Les tança : de marrons sur lui fond une grêle.
Tels de pommes et d'œufs, à défaut de caillou,
On vit mitrailler Barthe et couvrir Mérilhou (28).

Cependant sur la nef, qui loin du bord s'élance,
Les deux pieds écartés, Casimir se balance,
Et répond, téméraire et stupide farceur,
Par des éclats de rire aux longs cris de sa sœur.
Tout à coup par le vin sa tête appesantie
Tourne; la nef chavire, et, dans l'onde engloutie,
Entraîne sous les flots nos novices marins.
Tels s'en vont à vau-l'eau les peuples souverains.

Mais leur père, caché sous un épais ombrage,
Avait sur eux les yeux : dès qu'il voit leur naufrage,
Dans le lac il se jette, et, saisissant d'abord
Ses enfans des deux mains, il les ramène au bord.
Je ne te peindrai pas, Calot en espérance,
Mille maux fruits honteux de leur intempérance,
Les combats intestins du Beaune et du Cahors,
La colique au dedans, la chair-poule au dehors,
Et la rhubarbe amère, et la casse importune,
Et l'hydraulique jeu du canon de Neptune :
Il suffit que ces fous, de la leçon frappés,
Le jour qu'à tant de maux tous les deux échappés
Pour la première fois de leur lit se levèrent,
Aux pieds de leur sauveur en pleurant se jetèrent,
Le suppliant, au nom de son amour pour eux,
De daigner leur reprendre un don trop dangereux.
Tel j'ai vu des Danois le monument auguste
Proclamer l'abandon qu'aux mains d'un prince juste,
Las des débats entre eux par l'Orgueil excités,
Ils firent de leurs droits et de leurs libertés (29) :
Peuple heureux entre tous d'éprouver et de croire
Qu'il vaut mieux confier son bonheur et sa gloire
A ses rois, qui n'ont point de plus chers intérêts,
Qu'à cent fougueux tribuns, leurs envieux secrets !
Puissions-nous quelque jour imiter cet exemple,
Et de la Royauté reconstruire le temple !
N'espérons point avant, ami, voir revenir
Les beaux jours qu'un orage a trop tôt fait finir ;
Dût revivre à nos yeux la splendeur déconfite
Du citoyen Vassal et du prince Lafitte.

NOTES

DE L'ÉPITRE AU COMTE EDMOND DE V***.

(1) Qu'une tribu sauvage est un peuple en démence,
Nation qui finit, et non pas qui commence.

Les observations des voyageurs et des philologues ont singulièrement déconcerté les partisans des systèmes philosophiques du dernier siècle, sur la nature de l'homme en général, et en particulier sur l'état sauvage. Séduits par l'éloquence de J.-J. Rousseau, nos faiseurs de romans politiques s'étaient persuadés que les sauvages seuls présentaient encore le type primitif et inaltéré de la nature humaine, et que l'état social dégradait également l'homme au moral et au physique : malheureusement pour ce système, qui pendant cinquante années avait donné lieu à de si brillantes déclamations contre les préjugés, la naissance, la richesse, le luxe et la corruption des nations civilisées, les voyageurs les plus dignes de foi sont venus nous apprendre que la cupidité, le vol, la perfidie, la trahison, l'infanticide, le parricide et les vices qui répugnent le plus à la nature sont si communs et si habituels parmi les tribus sauvages, qu'ils n'y font naître ni blâme ni étonnement. L'Institut de France remit, en 1800, au capitaine Baudin, quand il partit pour son expédition autour du monde, une machine ingénieuse destinée à mesurer les forces physiques de l'homme dans toutes les terres où il aborderait : cette expérience eut pour résultat d'établir que plus l'homme s'éloigne de l'état de civilisation, et plus ses forces physiques diminuent. Enfin, les travaux des savans versés dans l'étude des langues ont fait connaître que la grammaire des tribus les plus sauvages est tellement compliquée, que la langue qu'ils parlent a dû appartenir autrefois à des nations très-civilisées, dont ces tribus seraient les débris. C'est l'opinion de M. de Humboldt et de beaucoup d'autres savans d'Angleterre et d'Allemagne. La découverte des circonvallations d'un camp propre à contenir cent mille hommes, au milieu des forêts de l'Amérique septentrionale; celle des ruines colossales du palais des Aztèques, cette Palmyre de l'Amérique, qui s'élève solitairement dans le désert auprès de la rivière de Gyla, et quelques autres faits analogues, viennent à l'appui de ce système, dont une foule d'observations et de notions nouvelles confirme chaque jour la vérité.

(2) A l'homme dégradé, sa triste créature,
Qu'un grand crime rendit méchant et malheureux.

La dégradation, la déchéance de l'homme, en punition d'une désobéissance aux lois de la divinité, est un fait établi chez tous les peuples par une tradition constante, et dont l'origine se perd dans la nuit des temps. Il était réservé à l'orgueil de la philosophie moderne de s'inscrire en faux, à cet égard, contre le témoignage de tous les siècles et la croyance universelle du genre humain.

(3) Que l'inégalité seule est dans la nature.

C'est ce que l'auteur prouvera plus loin jusqu'à l'évidence, et au grand scandale, sans doute, de nos faiseurs d'utopies modernes.

(4) Mais bientôt les poignards succédèrent aux plumes.

Allusion au poignard du libéral Sand, qui vint imposer silence à l'écrivain royaliste Kotzebuë; au poignard du libéral Louvel, qui, fanatisé par *la Minerve*, voulut moissonner en un seul prince toute une race de rois; et à quelques autres encore, auxquels il faut maintenant ajouter les poignards des libéraux polonais, auxquels le czarowitch a eu tant de peine à échapper; les poignards des libéraux espagnols, qui viennent d'assassiner le gouverneur de Cadix; le coup de pistolet dirigé sur le prince électoral de Hesse; les sabres et les baïonnettes qui viennent de percer M. Woorthman, à Gand.

(5) L'*ultima ratio* des peuples et des rois.

La plupart des canons portaient autrefois cette inscription latine : *Regum ultima ratio*, « dernier argument des rois. »

(6) Cependant, sur ton front le Morin vit éclore.....

Il y a dans la Brie deux petites rivières qui portent ce nom.

(7) Nos modernes Hampden.

John Hampden, célèbre républicain anglais, né à Londres en 1594, et cousin-germain de Cromwell, fut l'un des principaux provocateurs de la révolution qui conduisit Charles Ier à l'échafaud, en refusant de payer la *taxe de mer* demandée par ce prince pour subvenir aux besoins de l'Etat, dans l'embarras où le parlement l'avait jeté par le refus des subsides ordinaires.

(8) Ainsi, quand des Tarquins le perfide parent
Voulut s'armer contr'eux d'un prétexte apparent,
Et faire sur son front descendre leur couronne.....

Il est certain que Lucius Junius Brutus, neveu de Tarquin-le-Superbe, nourrissait depuis long-temps le projet d'enlever la couronne à la branche aînée de sa famille, lorsque la mort sanglante de Lucrèce lui fournit un prétexte pour faire éclater la révolution qui chassa de Rome le roi son oncle et les princes ses cousins. Personne n'a mieux démontré cette vérité que M. Alphonse Dupré, dans un écrit du petit nombre de ceux qu'il eût été à désirer de voir la restauration mettre dans les mains de la jeunesse de nos écoles, pour balancer la funeste impression que produit sur elle la lecture des *mensonges grecs et romains* dont, par l'aveuglement le plus déplorable, avant et après notre première révolution, on s'est obstiné à la laisser nourrir.

« Si l'on veut prendre la peine d'observer attentivement les discours et les actions d'un républicain, on verra clairement les passions qui agitent son âme ; on y découvrira plus d'orgueil et d'envie que d'amour du bien public. L'égoïsme exalté par l'ignorance produit l'orgueil, et le sentiment chagrin de son incapacité fait naître l'envie. Examinons donc si le fondateur tant vanté de la république romaine ne fut pas poussé par ces deux passions, plutôt que par l'amour de sa patrie ; et l'on pourra étendre ces observations sur la plupart des fondateurs de ces républiques modernes qui ont imité les Romains.

« D'abord, pour tous talens, Junius, surnommé *Brutus*, n'avait montré, jusqu'à un âge avancé, que celui de contrefaire l'imbécille ou la *brute ;* genre de talent qui lui fit donner ce nom. Ce n'est pas parce qu'il espérait, au moyen de cette ruse, chasser les Tarquins ses parens, ce qu'il ne pouvait prévoir dès son adolescence, mais seulement pour se rendre plus agréable et conserver ses jours, qu'il croyait menacés par la concurrence au trône, étant fils de la sœur de Tarquin ; car on sait que chez les Romains la couronne était élective, et que, par conséquent, le fils ne succédait pas de droit à son père. La bassesse d'âme de ce Brutus ne lui fit pas trouver de moyen plus noble que celui de se faire le bouffon et le jouet de ses maîtres.

« Sextus, fils aîné du roi Tarquin, commet un acte de violence sur la personne d'une femme qui était étrangère à Brutus, de Lucrèce enfin; et voilà que ce Brutus, pour punir Sextus, jure d'exterminer par le fer et par le feu, selon l'expression de Tite-Live, le père, les enfans, et toute cette famille (à l'exception cependant de lui-même, qui était neveu et capitaine des gardes du roi Tarquin), et de ne plus souffrir de rois dans Rome, ni eux ni tout autre, selon Tite-Live.

« Je demande quel crime avait commis le roi régnant alors, et les rois à venir, en cette circonstance? Le roi Tarquin était alors absent de Rome, à la tête de son armée: Collatin, époux de Lucrèce, était Tarquin lui-même; c'était donc à lui à tirer vengeance de l'affront qu'il avait essuyé de la part de son parent, et non pas à ce Brutus à le venger malgré lui, surtout d'une manière aussi injuste que coupable.

« Sextus avait commis un crime dans sa propre famille, et n'avait nullement outragé le peuple, qui était étranger à cette affaire: ainsi, la prétendue punition de ce crime de Sextus n'était qu'un prétexte dont se saisit Brutus, qui, par surprise, obtint du peuple le même serment que celui qu'il venait de prononcer lui-même, contre toute loyauté et justice; et pour corrompre ce peuple, il lui promit le pillage de toutes les richesses et de tous les biens du roi Tarquin. Guidé par sa cupidité, le peuple y donna son consentement, et les Tarquins furent bannis de Rome.

« Que l'on examine la conduite postérieure de l'un et de l'autre, on verra que le roi Tarquin était un grand homme, et que Brutus, qui venait de le trahir et de dépouiller sa famille, n'était qu'un misérable sans talens, sans capacité dans la paix comme dans la guerre, et même sans adresse dans le maniement des armes: il ne sut que détruire, et ne sut rien organiser.

« Tarquin, au dire des historiens latins eux-mêmes, est grand jusque dans son exil; bientôt le peuple le regrette sincèrement. Aussi expérimenté dans la guerre que dans la paix, songeant au bien de ses sujets, qui ne se plaignirent jamais de sa tyrannie, il était humain même envers ses ennemis, et très-habile pour son temps. Vingt années, pendant lesquelles il fit la guerre avec une modération remarquable contre les habitans de Rome, sans pousser les choses à outrance, quoique dépouillé de ses biens et sans autres ressources que celles de son génie et de ses talens, tout annonce en lui un homme supérieur. Les vastes ouvrages qu'il fit construire dans Rome, et dont une partie subsiste encore, attestent qu'il pensait au bien-être du peuple ; et sa valeur et sa capacité, qu'il était bien au-dessus de ceux qu'il commandait.

« Pour Brutus, joignant le brigandage à la trahison, il livre au pillage les biens des Tarquins, afin de compromettre le peuple dans sa rébellion, en le faisant participer à son crime. Protégé par les patriciens, descendans de ceux qui avaient massacré Romulus, il est nommé consul avec Collatin, qu'il fait bientôt exiler aussi, comme étant de la famille des Tarquins. Brutus fait exiler Collatin malgré son opposition bien prononcée, puisqu'on fut obligé de le menacer, s'il ne quittait Rome, de confisquer tous ses biens.

« Jusqu'à présent je ne vois, dans la conduite de Brutus, que son avidité pour le bien d'autrui, et nullement son zèle pour le bien public.

« Examinons maintenant les actions qui signalèrent son consulat, qui fut court, très-heureusement pour ses concitoyens, qu'il aurait infailliblement perdus par son inexpérience militaire et son extravagance, s'il eût vécu plus longtemps.

« Comme le peuple, depuis la chute du trône, voyait redoubler de jour en jour sa misère, il ouvrit les yeux, se repentit des excès commis : il regrettait ses rois en voyant que la cruauté et l'avarice des patriciens étaient un joug bien plus insupportable que le sceptre de Tarquin : on trama donc un complot pour faire rentrer les Tarquins dans Rome, et les rétablir sur le trône. Le peuple romain ayant le droit d'élire un roi, avait, je pense, aussi bien le droit de rétablir celui qui déjà avait occupé le trône ; mais, voyez la tyrannie et l'injustice du républicain Brutus ! il arrête cet élan du peuple par des massacres. C'est ainsi que les républicains donnent la liberté au peuple. Dans ce complot, qui devait rétablir les rois, les deux fils de Brutus ayant été compromis, ce père égoïste et insensé donna sa voix pour les condamner à mort ; puis, mettant le comble à l'horreur qu'il devait inspirer, il voulut assister lui-même à leur exécution. Il vit alors de sang-froid déchirer sous les verges et mettre à mort ses propres enfans ; il présida ainsi à l'entière destruction de sa race ! La nature révoltée se délivra bientôt d'un semblable monstre. Ce père, encore tout dégouttant du sang de ses fils, s'étant mis à la tête de sa bande, qu'il appelait *armée*, alla au premier choc se faire tuer par l'un des fils de Tarquin, dont il avait spolié les biens.

« Telles sont les seules actions du premier Brutus, strictement rapportées. D'après ces faits, puisés dans Tite-Live, je ne crois nullement que Junius Brutus ait fondé la république romaine par amour pour sa patrie, mais plutôt par un sentiment d'orgueil et d'envie qui l'avait toujours dévoré, en voyant les Tarquins maîtres d'une couronne qu'il croyait mériter. On en est clairement convaincu dans cette circonstance où il suivit comme bouffon, ainsi que le rapporte Tite-Live, les deux jeunes fils de Tarquin, lorsque celui-ci était encore sur le trône. Aruns et Titus allèrent consulter l'oracle de Delphes, pour savoir lequel des deux hériterait du trône de leur père. L'oracle répondit à la demande de ces princes, *que ce serait celui qui donnerait le premier baiser à sa mère*. Brutus se laissa tomber, comme par mégarde, et baisa la terre, dit

Tite-Live, *cette mère commune de tous les hommes.* On voit par-là que Brutus brûlait d'un violent désir de régner.

« Bientôt après il profite du crime de Sextus et de l'absence de Tarquin, qui commandait son armée, pour s'emparer du pouvoir en faisant prononcer la déchéance de son roi. Collatin, époux de Lucrèce, fut de même chassé, quoiqu'en apparence Brutus ait voulu venger son affront.

« Dans le supplice qu'il imposa à ses deux fils, on n'aperçoit autre chose que la honte de dévier de la route qu'il venait de prendre et de tracer au peuple, et bien plus encore la frayeur de voir rentrer dans Rome les Tarquins, qui n'auraient pas manqué de punir sa perfidie. Cette action est donc d'autant plus atroce qu'elle prend uniquement sa source dans un criminel égoïsme : il voulut, par l'horrible condamnation de ses deux fils, effrayer tous ses concitoyens, pour les empêcher de songer de nouveau à rappeler leur roi.

« Tels sont les véritables motifs qui ont guidé Junius Brutus dans ses actions, et nullement l'amour ardent qu'on lui suppose pour la liberté de sa patrie. Il sacrifia, au contraire, l'amour de son pays, ce sentiment si noble, si généreux, dont son âme haineuse n'était point susceptible, à son orgueil et à l'envie qu'il portait à ses maîtres. Il immola ses fils pour se sauver du supplice qu'il avait mérité. » (*Observations sur les anciens et sur les modernes,* publiées à la suite de la *Relation d'un voyage en Italie ;* 2 vol. in-8°. Paris, Anth^e Boucher, 1826.)

(9) Son roman maladroit n'eût ameuté personne,
Et chacun de mensonge eût traité sans remord
Le viol de Lucrèce expié par sa mort.....

C'est une chose incroyable que la facilité avec laquelle les contes les plus invraisemblables s'établissent dans la croyance des hommes, quand ils en sont imbus dès leur enfance. A quel homme de trente ans ferait-on croire, si on le lui racontait pour la première fois, qu'une femme qui préfère la mort au déshonneur attende le déshonneur pour se donner la mort? Mais, dit-on, Sextus, entré furtivement dans la chambre de Lucrèce, lui montra une épée nue, et la menaça de la tuer, et de placer dans son lit le corps d'un esclave, afin de faire croire qu'il l'avait surprise en adultère. Une si folle menace pouvait-elle effrayer Lucrèce? Sextus avait-il donc sous la main l'esclave qu'il lui fallait pour l'effectuer? Cet esclave se serait-il laissé tuer sans résistance? Et Lucrèce ne pouvait-elle, d'ailleurs, appeler sur le champ ses femmes et tous ses serviteurs? Bayle, qui a consacré dans son Dictionnaire un article très-curieux à cette fameuse héroïne, montre que Tite-Live et Denis d'Halycarnasse, quoiqu'ayant puisé aux mêmes sources, ne s'accordent que sur les principales circonstances de la mort de Lucrèce, et qu'ils diffèrent dans toutes celles qu'ils l'ont précédée ou accompagnée. Il est naturel de soupçonner que Lucrèce, surprise en adultère par son époux, reçut la mort de sa main, et que Brutus, qui épiait l'occasion de soulever le peuple contre la maison régnante, forgea toute cette belle histoire pour rendre les Tarquins odieux.

(10) Brutus ne partagea qu'avec de nobles traîtres,
De fiers patriciens aussi brigands que lui,
Les biens qui de trop près à leurs yeux avaient lui.

Ceci doit s'entendre des biens-fonds des Tarquins, qui étaient considérables; car Tarquin-l'Ancien, en venant s'établir d'Etrurie à Rome, y avait apporté de très-grandes richesses. Quant aux biens-meubles, ils furent abandonnés au pillage du peuple, qui les eut bientôt dissipés.

(11) De l'insurrection lui faire *un saint devoir*.

Personne n'ignore à qui appartient la maxime à laquelle ce vers fait allusion.

(12) A grands coups de canon toutes deux répondirent.

La révolution anglaise en 1641. La population de Londres s'étant révoltée contre le parlement, qui avait cassé la milice bourgeoise, se porta en tumulte à Westminster, et força le parlement à la rétablir. Une partie de ses membres alla joindre l'armée commandée par Fairfax et Cromwell, tandis que le reste, demeuré à Westminster, s'étant réuni aux bourgeois, ordonna par un décret que le roi serait retiré des mains de l'armée, et amené dans la capitale. Cromwell et Fairfax, arrivés aux portes de Londres à la tête de l'armée, dissipèrent la milice de Londres, s'emparèrent de la ville, et y établirent une tyrannie qui réduisit au silence l'affection renaissante du peuple pour son souverain opprimé.

Dans la révolution française, le 13 vendémiaire an III (5 octobre 1795), les assemblées primaires et les sections de Paris s'étant soulevées contre la Convention, les bataillons de la Butte-des-Moulins, de la place Vendôme, de Le Pelletier, du Théâtre-Français, et quelques autres, s'avancèrent en armes, et furent mitraillées par Buonaparte, qui commandait les troupes de la Convention.

(13) Tout appartient à tous, jusque et compris ta femme.

Depuis que cette épître est composée, M. de Chateaubriand a, dans sa brochure intitulée *De la Restauration et de la Monarchie élective*, stigmatisé à sa manière les dogmes qu'on tourne ici en ridicule. « Personne, dit-il, n'est plus persuadé que moi de la perfectibilité de la nature humaine ; mais je ne veux pas, quand on me parle de l'avenir, qu'on me vienne donner pour du neuf les guenilles qui pendent, depuis deux mille ans, dans les écoles des philosophes grecs et dans les prêches des hérésiarques chrétiens. Je dois avertir la jeunesse que, lorsqu'on l'entretient de la communauté des biens, des femmes, des enfans, du pêle-mêle des corps et des âmes, du panthéisme, du culte de la pure raison, etc., je la dois avertir que quand on lui parle de toutes ces choses comme de découvertes de notre temps, on se moque d'elle: ces nouveautés sont les plus vieilles comme les plus déplorables chimères. »

(14) Tel, la hache à la main, les pieds de sang humides,
Hésus, dans nos forêts, effrayait ses druides.

Hésus, grande divinité des Gaulois, qu'ils croyaient surtout honorer par l'effusion du sang humain. On le représentait à demi nu, dans l'attitude de frapper avec une serpe ou une hache. Les forêts étaient ses temples.

Non illum cultu populi propiore frequentant,
Sed cessere deis. Medio cum Phœbus in axe est,
Aut cœlum nox atra tenet, pavet ipse sacerdos
Accessus, dominumque timet deprendere luci.

(LUCAN., *Pharsal.*, lib. III.)

Les voisins de ce bois si sauvage et si sombre,
Laissent à ses démons son horreur et son ombre;
Et le druide craint, en abordant ces lieux,
D'y voir ce qu'il adore et d'y trouver ses dieux.

(*Traduction de Brebeuf.*)

(15) Henri de Montcontour sut prévoir le naufrage.

Henri IV, à peine âgé de seize ans, voyant, à la bataille de Montcontour, l'avant-garde du duc d'Anjou enfoncée par celle de l'amiral de Coligny, demanda instamment qu'on le laissât fondre sur le corps de bataille des catholiques, qui paraissait fort étonné. On l'en empêcha, et il s'écria avec douleur : « Nous perdons notre avantage, et par conséquent la bataille! » Ce qui arriva comme il l'avait prévu, et fit juger, dès ce temps-là, de la pénétration de son esprit et de la sûreté de son coup-d'œil.

(16) Chacun veut s'élever au-dessus de sa sphère.
Quiconque sur ce point ne se peut satisfaire,
De sa profession Don Quichotte soudain,
Passe en orgueil les fous chers à monsieur Jourdain.

Allusion à la troisième et à la quatrième scène du premier acte du *Bourgeois gentilhomme*, où le maître d'armes, le maître de musique, le maître à danser et le maître de philosophie exaltent à l'envi le mérite de leurs professions respectives, se prennent de querelle, et finissent par se battre.

(17) D'un monarque si bon qu'il n'osait se mouvoir.....

Le vertueux et infortuné Louis XVI.

(18) Et plus d'une duchesse, entendant l'annoncer,
Ne connut plus son nom, et craignit d'avancer.

Fait historique connu de tous ceux qui sont au courant des anecdotes de la cour de Napoléon.

(19) Et que l'âge, le sexe et le tempérament
Auraient bientôt classé chacun différemment,
Quand l'instinct et les mœurs, les lois et les usages,
N'auraient pas tout casé, même chez les Osages.

Depuis que cette Epître est composée, M. de Chateaubriand a montré, de son côté, par l'exemple des premiers révolutionnaires eux-mêmes, combien l'égalité est une chose chimérique. « L'inégalité, dit-il, renaît de la nature même des hommes et des choses. Combien de révolutionnaires, choqués de n'arriver à rien dans le cours de la révolution, tournèrent sur eux les mains désespérées qu'ils avaient portées sur la société! Le bonnet rouge ne parut plus à leur orgueil qu'une autre espèce de couronne, et le sans-culotisme qu'une sorte de noblesse dont les Marat et les Robespierre étaient les grands seigneurs. Furieux de retrouver l'inégalité des rangs jusque dans le monde des douleurs et des larmes, condamnés à n'être encore que des *vilains* dans la féodalité des niveleurs et des bourreaux, ils s'empoisonnèrent ou se coupèrent la gorge avec rage, pour échapper aux supériorités du crime. » (*De la Restauration et de la Monarchie élective*, page 31.)

Les Osages sont une tribu sauvage de l'Amérique septentrionale dont on a montré quelques individus à Paris et dans les principales villes du royaume, en 1827 et 1828.

(20) Jean-Baptiste n'est pas plus semblable à Hugo
Que l'*Ode à la Fortune* au *Chant du Vertigo.*

Allusion à l'ode de M. Hugo intitulée : *Le Vertige.* C'est dans les premières éditions de ce chef-d'œuvre qu'on lisait ce vers célèbre :

Dans le sein des marais traînes-tu ton *corps bleu?*

(21) . . . . Au gré d'une nouvelle Alcine.

La duchesse de Bouillon, nièce du cardinal Mazarin. Elle et son frère le duc de Nevers, ennemis de Racine, on ne sait pourquoi, mirent tout en œuvre et dépensèrent 28,000 fr. de notre monnaie actuelle pour faire tomber la *Phèdre* de Racine et aller aux nues celle de Pradon. Ils réussirent ; le public y fut pris, et ce ne fut que l'année suivante, à la reprise des deux pièces, qu'il s'aperçut de son erreur.

(22) Conspuait *Athalie.*

Le succès de ce chef-d'œuvre, outrageusement dédaigné en 1691, ne commença qu'en 1716, dix-sept ans après la mort de son auteur.

(23) . . . . Et de l'hommage dû
Deshéritait l'auteur du *Paradis perdu.*

On sait que Milton ne vendit que 30 liv. sterling, et à des

conditions qui indiquaient la défiance de l'éditeur, le manuscrit de son admirable poëme, et que cet ouvrage n'obtint d'abord aucun succès. Le libraire Thompson avait stipulé que la moitié du prix ne serait payable que dans le cas où l'on en ferait une seconde édition, édition que Milton n'eut jamais la consolation de voir. Son livre resta sans lecteurs ; et Dryden, qui devait dire plus tard que *la nature avait formé son génie de l'âme d'Homère et de celle de Virgile*, déclara, dans la préface de sa traduction de l'*Enéide*, que l'auteur du *Paradis perdu* n'était guère supérieur à Lemoine et à Chapelain.

(24) . . . . David.

Quelques personnes ont vu avec déplaisir cet hommage rendu à un homme dont la conduite politique leur fait justement horreur. Elles doivent remarquer que cet éloge ne s'adresse pas au régicide David, au membre du club des Jacobins, au dévoué partisan de Robespierre, mais au grand peintre qui eut le courage de braver le mauvais goût de son siècle, et qui ramena l'Ecole française à l'étude de l'antique et aux principes éternels du vrai beau dans les arts dont le dessin est la base. C'est ainsi qu'on admire dans Milton le chantre sublime du *Paradis perdu*, en détestant le secrétaire-interprète du conseil d'Etat de Cromwell, l'apologiste des meurtriers de Charles Ier.

(25) L'affreux Démogorgon, démon de l'anarchie.

Démogorgon était considéré par les anciens comme le génie de la Terre : on le croyait père de la Discorde, des Parques et de l'Erèbe. Les Arcadiens redoutaient tellement cette divinité, qu'il n'était pas permis de prononcer son nom. Ce nom, formé de *daimon*, démon ou génie, et de *georgos*, qui travaille, qui agite la Terre, a paru à M. de Charmettes très-convenable au démon de l'Anarchie, et il le lui a donné dans son poëme de *l'Orléanide*, publié pour la première fois à la fin de 1819, époque où le système de M. Decazes, interrompu quelques mois après par la mort de S. A. R. Monseigneur le duc de Berri, nous menait rapidement vers l'abîme où nous sommes enfin tombés en 1830. Voici le portrait que M. de Charmettes traçait alors du génie des révolutions :

Seul, l'effroi de l'Enfer aussi bien que des Cieux,
L'affreux Démogorgon se lève, et dans ses yeux
Fait briller la menace. Une pourpre sanglante
Ceint sa tête superbe; et, d'or étincelante,
Sa molle chevelure, enlacée à l'entour,
A demi la déguise et la dérobe au jour.
Dans ses traits gracieux l'aménité respire;
La candeur, la franchise anime son sourire;
Mais de son jeune teint la fraîcheur n'est que fard,
Et dans ses yeux d'azur un perfide regard,
Même alors que sa voix vous flatte et vous caresse,
Dément à tout moment sa langue enchanteresse.
Tout le haut de son corps, brillant de majesté,
A d'un ange du ciel conservé la beauté:
Qui n'aperçoit que lui peut s'en laisser séduire.
Mais baissez-vous les yeux? l'Enfer n'a pu produire
Un monstre plus horrible, un hydre à triples dards
Plus hideux que l'objet qui s'offre à vos regards.
Sa seconde moitié, que sillonna la foudre,
En croupe de dragon se traîne dans la poudre;
Tantôt ramasse en soi ses replis inégaux;
Tantôt déroule au loin ses immenses anneaux;
Et tantôt, divisée en serpens innombrables,
Redresse et fait siffler leurs têtes effroyables.
Sirène de l'enfer, sa séduisante voix
De l'homme, qu'elle hait, vante partout les droits;
Caresse et tour à tour épouvante les princes;
Empoisonne avec art leurs cours et leurs provinces;
Et, couvrant ses desseins d'un beau déguisement,
Sur les marches du trône arrive en un moment.
L'insensé qui l'y souffre est bientôt sa conquête.
La queue alors s'élève, et dévore la tête;

Hydre horrible, aux humains commande avec orgueil,
Entasse mort sur mort, et cercueil sur cercueil:
D'or, de pleurs et de sang ses têtes affamées
Entreheurtent bientôt leurs gueules enflammées;
L'une de l'autre (ainsi Dieu régla leur destin)
Deviennent tour à tour l'exécrable festin,
Jusqu'au jour où, domptant ses dernières rivales,
L'une d'elles finit leurs discordes fatales,
Et, terrible, s'assied sur un trône usurpé,
Entouré de la foudre, et de meurtre trempé.

(26) Et sur son vespétro la triste Petmouillé.

Marchande de liqueurs fines qui a rempli les journaux d'annonces ridicules et d'éloges emphatiques de son vespétro.

(27) Permets que maintenant et pour terminer, comte,
De l'aimable Berquin je te rappelle un conte.

Ce conte, dont M. de Charmettes, qui ne l'avait pas sous les yeux, n'a reproduit de mémoire que les principaux incidens, est intitulé dans les œuvres de Berquin : *Les Enfans que veulent se gouverner eux-mêmes.*

(28) Tels de pommes et d'œufs, à défaut de caillou,
On vit mitrailler Barthe et couvrir Mérilhou.

On sait que MM. Barthe et Mérilhou ont successivement essuyé, en qualité de ministres de l'Instruction publique, le feu roulant des Ecoles, qu'ils essayaient de ramener à l'ordre.

(29) Tel j'ai vu des Danois le monument auguste
Proclamer l'abandon qu'aux mains d'un prince juste,
Las des débats entr'eux par l'orgueil excités,
Ils firent de leurs droits et de leurs libertés.

Ce monument, unique dans le monde, comme l'acte plein de sagesse dont il consacre le souvenir, s'élève à mi-chemin de Copenhague à Frédéricsberg, le Versailles des rois de Danemarck.

Épître

AUX LIBÉRAUX.

AVERTISSEMENT.

On a voulu rapprocher, dans l'épître suivante, les critiques dont les Libéraux accablèrent la restauration, de leur manière de gouverner la France depuis qu'elle est tombée entre leurs mains, et l'état dans lequel ils ont trouvé ce royaume, de la situation où ils l'ont conduit. On a pensé que ce tableau pourrait être utile, sinon à la génération qu'ils ont si cruellement abusée, du moins à celle qui s'élève, et qui est destinée à la remplacer un jour. Comparer, c'est juger.

M. de Charmettes avait déjà traité ce sujet dans les stances suivantes, dont le rythme est de son invention.

AUX LIBÉRAUX. *

Libéraux ! vous avez de la France
Entrepris le bonheur :
Votre honneur
Vous oblige à remplir l'espérance
Dont berçaient les Français
Vos succès.

* Pour que la mesure de ces vers produise tout son effet, il est nécessaire de les prononcer très-vîte, en appuyant un peu sur l'accent que l'auteur y a ménagé de trois en trois syllabes.

Voyons donc ! commencez cet ouvrage
Dont devra vous bénir
L'avenir !
Montrez-nous ces talens, ce courage,
Effaçant tous les droits
De nos rois !

Sous leur règne on voyait l'Angleterre
Nous tenir à genoux,
Disiez-vous ;
Et d'un sceptre odieux à la terre
Imprimer sur nos fronts
Mille affronts.

Cependant on a vu de l'Espagne
Les tyrans dans Cadix
Etourdis :
D'un Bourbon la rapide campagne
Accabla les héros
Libéraux.

On a vu, tout brillans d'allégresse,
Affamés de lauriers,
Nos guerriers
S'élancer sur les bords de la Grèce,
Et nos Lis insultans
Aux sultans.

On a vu, d'une mer orageuse
Affrontant maint écueil
Noir de deuil,
Arriver, d'une ardeur courageuse,
Au rivage espéré,
Duperré.

On a vu, sur la rive africaine,
De vos traits à l'envi
Poursuivi,
Un héros écraser votre haine
De sa gloire et du faix
De ses faits.

Toutefois l'Angleterre immobile,
A nos coups loin d'oser
S'opposer,
De nos rois vit la main si débile
Parvenir à son but.....
Et se tut.

Qu'ont produit votre presse affranchie,
Vos préceptes nouveaux,
Vos travaux?
La terreur, le besoin, l'anarchie,
Tout commerce détruit,
Un vain bruit.

La Belgique à la France se donne:
Allez-vous la pouvoir
Recevoir?
A la peur votre camp s'abandonne,
Et murmure, confus,
Un refus!

Dans le Nord, admirant vos journées,
La Pologne en prétend
Faire autant:
A des vœux vos vaillances bornées,
Vont prier à l'autel
De Châtel!

Par Bourmont fut l'Afrique vaincue,
Et l'exil d'Alger pris
Fut le prix:
Mais Clausel vaillamment l'évacue *;
Couvrons d'or, de laurier
Ce guerrier!

Trop coûtait le bonheur de la France;
Vous comptiez liard à liard
Le milliard:
Mais la honte, le deuil, la souffrance,
Pour le double, c'est bien!
C'est pour rien!

Voilà donc, bienfaiteurs de la terre,
Vos projets excellens,
Vos talens!
Evitez les sifflets du parterre!
Bateleurs signalés,
Détalez!

Mais adieu! c'est assez d'anapestes **.

* Tous les journaux non ministériels s'accordaient alors à annoncer que la France allait céder Alger à l'Angleterre, qui avait mis, disaient-ils, à ce prix sa reconnaissance du gouvernement né de la révolution de juillet. Il paraît ou qu'ils étaient mal informés, ou qu'on a jugé à propos de différer l'époque de l'évacuation. Dans ce dernier cas, le général Clausel n'aura pas le désagrément d'y présider; car il est revenu en France, où il est appelé à un autre commandement.

** Pied grec ou latin, composé de deux brèves et d'une longue: c'est un dactyle retourné. Dans les vers métriques des langues modernes, on remplace les longues proprement dites par des syllabes accentuées ou susceptibles de l'être, et les brèves par des syllabes qui repoussent l'accent.

Dieu préserve à jamais
Les Français
Des famines, des guerres, des pestes,
De l'Enfer en courroux,
Et de vous!

Février 1831.

ÉPITRE AUX LIBÉRAUX,

SUR LEUR MANIÈRE DE GOUVERNER LA FRANCE.

La critique est aisée, et l'art est difficile. DESTOUCHES.

Il est aisé d'accuser d'imperfections une police, car toutes choses mortelles en sont pleines. Il est bien aisé d'engendrer à un peuple le mespris de ses anciennes observances; jamais homme n'entreprint cela qui n'en vînt à bout; mais d'y restablir un meilleur estat en la place de celui qu'on a ruiné, à cecy plusieurs se sont morfondus de ceux qui l'avoient entreprins. MONTAIGNE.

INTRÉPIDES Titans qu'on vit braver la foudre
D'un benin Jupiter tirant sur vous à poudre,
Et, marchant cent contre un, ravir à nos guerriers,
Sans peur et sans péril, de si nobles lauriers (1),
Je ne viens plus ici discuter le principe
Qui permet qu'irrité le peuple s'émancipe :
Il est émancipé; vous avez fait le pas;
J'ai tout dit sur ce point, et n'y reviendrai pas (2).
Brutus ou Ravaillacs, libérateurs ou traîtres,
Rebelles ou héros, d'ailleurs, vous voilà maîtres.
Mais, puisque le passé n'est plus qu'un souvenir,
Regardons le présent, songeons à l'avenir.
Ennemis des Bourbons, votre ardente censure
Sur leurs actes quinze ans imprima sa morsure.

Qu'elle voulût agir ou restât en repos,
Jamais la Royauté ne fit rien à propos.
Lui fallait-il payer vos sanglantes folies?
On courbait sous le joug nos têtes avilies.
Qu'elle allégeât l'impôt pour nos cultivateurs,
On voulait écarter d'importuns électeurs.
Cherchait-elle la Paix? elle craignait la Guerre.
Marchait-elle aux combats? elle troublait la Terre.
Rendre un père à l'Espagne et s'en faire bénir,
Dans les débats d'autrui c'était intervenir.
Tarder à secourir la Grèce révoltée,
C'était trahir l'Honneur et la Croix insultée.
Relever parmi nous les autels et la Croix;
C'était de la Raison fouler aux pieds les droits.
D'un brigand africain mépriser l'insolence,
C'était montrer au Monde une lâche indolence.
Mais menacer Alger? « Frivole épouvantail! »
Ou : « Voilà bien du bruit pour un coup d'éventail! »
Tous les flots de la mer contre nous gendarmée,
Devaient en un clin-d'œil engloutir notre armée.
Tout à coup on apprend qu'elle a touché le bord.
— « Tant pis! les Bédouins vont l'accabler d'abord. »
Mais quoi! des Bédouins elle a chassé la foule!
— « Le fort de l'Empereur est à craindre. » Il s'écroule!
— « A force d'or sans doute on en paya le prix :
Alger n'en est pas moins imprenable. » Il est pris!
A ce terrible coup, les Libéraux frémirent;
Du Rhin à l'Océan tous leurs clubs en gémirent;
Et, contraints de changer de langage et de ton,
S'écrièrent en chœur : « Bien!... Mais qu'en fera-t-on (3)? »

Et vous, à votre tour, héros! qu'allez-vous faire
Du pouvoir que le Peuple aujourd'hui vous confère?
Car il est convenu, dans tous nos boulvaris,
Que Paris, c'est la France, et cent goujats, Paris.
Vous donc qui, de si loin, gagnâtes la bataille,
Accourez, Tirecuir, Baudet, Pétou, Pataille!
En talens, en génie, allons! cotisez-vous,
Thomas et Demarçay, Lafayette et Bavoux;
Et de vos grands desseins, où tant d'espoir se fonde,
Etalez à nos yeux la sagesse profonde!
Au secours du Pouvoir déjà voici venir
De ministres brillans et tout pleins d'avenir,
En moins de quatre mois, trois belles carossées (4),
Par vos vœux tour à tour vers le trône poussées :
Voyons de leur savoir quels nobles monumens
Nous restent en retour de leurs émolumens.
La conquête d'Alger, souteniez-vous naguère,
Allait le lendemain nous attirer la guerre :
Le lendemain arrive, et le surlendemain,
Et la Gloire et la Paix se donnèrent la main.
Il n'en est pas ainsi, suivant les apparences,
De votre œuvre sublime et riche d'espérances ;
Car, de leur broderie à peine revêtus,
Vos ministres ont fait appel à nos vertus,
Et, du défunt Empire évoquant les ressources,
Moissonné des conscrits et menacé nos bourses.
Comme si c'était peu de troubler le repos
Du jeune époux six ans laissé loin des drapeaux,
D'appeler coup sur coup trois classes consternées
A défendre au dehors l'honneur des Trois-Journées,

Des troubles intestins pour sauver le dedans,
Toute la nation fut mise sur les dents :
Bourg, village, hameau, cité grande ou moyenne,
Tout dut sur l'heure avoir sa garde-citoyenne.
On ne vit plus partout que guerriers impromptus,
Contre bonnets de poil troquant chapeaux pointus,
Chasseurs en escarpins, grenadiers en besicles,
De leurs ventres bourgeois pressant les hémicycles (5),
Et clercs de procureur, calicots triomphans (6),
De leur large moustache effrayant les enfans.
Du courroux de ces preux, suivant votre horoscope,
Nous allions faire peur à tous les rois d'Europe;
Sinon, d'aller à Vienne on ouvrait des paris :
Hélas! et nous voilà fortifiant Paris (7)!
Tout s'apprête aux combats du Gange à la Tamise.
« Si c'est là cette paix que vous m'aviez promise, »
Dit en pleurant la France, « O héros mes sauveurs!
Que ne m'épargniez-vous vos cruelles faveurs! »
« Tout languit, » disiez-vous, « Arts, Commerce, Industrie,
Et nous ranimerions leur couronne flétrie,
Si nous étions jamais au pouvoir appelés. »
Eh bien! vous y voilà : dictez vos lois, parlez.
Vous demeurez muets! vous restez immobiles!
Du régime vaincu, quoi donc! censeurs habiles,
Déjà ce haut savoir, ces talens tant prônés,
Ce grand génie, enfin, vous ont abandonnés?
De votre avènement ô résultat étrange!
Vous montez au pouvoir, vous régnez, et tout change.
Le Crédit, en dépit du *Courrier*, des *Débats*,
Passait toute espérance; il croule, il est à bas (8).

La Banqueroute accourt ; en vain chacun s'écarte :
Comme on voit, coup sur coup, vingt capucins de carte,
Touchés du bout du doigt, avec leurs chefs pointus,
A la file tomber l'un sur l'autre abattus,
Ainsi sous le banquier le banquier qui succombe,
En écrase un troisième ; un quatrième tombe ;
Et le champ de la Bourse, où le Sort fait les parts,
Est jonché de défunts sur la poussière épars.
Au retentissement de leurs chutes bruyantes,
S'ébranlent à la fois sur leurs bases fuyantes
Cent maisons jusque-là, grâces à ces supports,
L'honneur de la province et l'orgueil de nos ports.
Le marchand effrayé qui, forcé de l'attendre,
Voit la contagion de tous côtés s'étendre,
Sur le fauteuil de cuir où, pâle, il va s'asseoir,
Frémit au triste aspect de son compte du soir,
Et maudit, en voyant sa boutique déserte,
Des journaux libéraux l'ignorance diserte.
Le triste industriel, de frayeur éperdu,
Au marchand coup sur coup demande en vain son dû :
Le marchand désolé, qui ne sait que répondre
Quand la Poule aux œufs d'or chez lui cesse de pondre,
Court au greffe un matin déposer son bilan,
Et s'esquive à Bruxelle, ou se sauve à Milan.
Alors, en un clin-d'œil, comme aux torrens qui roulent
Cèdent avec fracas cent murailles qui croulent,
Tombent de tous côtés martinets, hauts-fourneaux,
Grands établissemens enviés à Terneaux,
Fabriques de draps fins, brillantes filatures,
Usines à vapeur, riches manufactures,

Et du capitaliste, à ce funeste bruit,
Vers Londres, qui l'attend, l'or effrayé s'enfuit.
Qu'allez-vous devenir, malheureux prolétaires,
Ouvriers qui, bravant cent vapeurs délétères,
Travailliez jour et nuit à faire en comptes-ronds
Des marquis-raffineurs et des tanneurs-barons (9)?
Vous dont le soc en paix fertilisait nos plaines,
Laboureurs, qui paiera vos colzats et vos laines?
Des crûs de vos coteaux vous naguère si vains,
Vignerons, quel gourmet achètera vos vins?
Pauvres agriculteurs, votre gloire est passée;
De vous porter de l'or la Fortune est lassée.
Heureux encore, heureux si, supportant ses maux,
Et détournant les yeux de vos riches hameaux,
Le peuple des cités ne vient vider vos granges,
Enfoncer vos celliers et piller vos vendanges!
  Tous les ans, Libéraux, comme de vrais lions,
Vous disputiez au Roi d'utiles millions;
Sur l'énorme budget tonnait votre éloquence;
Et, croyant que vos cris tiraient à conséquence,
La France en concluait, le siècle ayant marché,
Qu'elle obtiendrait par vous de l'ordre à bon marché.
Vain espoir! d'un grand quart sa dépense est accrue (10).
Cependant, jour et nuit, triste, lasse et recrue,
Elle-même se garde en payant des soldats;
Le moindre carrefour a ses Léonidas;
Et, riche en tribunaux, une loi lui commande
De se juger soi-même ou de payer l'amende (11)!
  Comme un chat irrité prend un affreux plaisir
A vexer les souris qu'il parvient à saisir,

Fléaux des rats-de-cave (12), on vous vit les poursuivre,
Prêts à les étrangler pour leur apprendre à vivre,
Et les punir d'oser, impertinens furets,
Oublier les égards qu'on doit aux cabarets (13).
« Est-ce là, » disiez-vous au marchand imbécile,
« Le respect que la Loi promet au Domicile?
Quoi! l'on viendra chez vous compter avec Bacchus,
Imposer le plaisir et dîmer vos écus! »
Tels étaient vos discours. Est-elle donc tarie
Cette éloquence alors si vive et si fleurie?
Votre zèle dort-il, Gauthier, Pétou, Bouchon (14),
Vengeurs des Droits de l'Homme et du Tire-Bouchon?
Les droits de mon logis, si l'Equité gouverne,
Ne sont pas moins sacrés que ceux de la Taverne :
Comment donc souffrez-vous que, la toise à la main,
Envoyé par Laffitte, un commis inhumain
M'y vienne mesurer et taxe avec empire
Et le jour qui m'éclaire, et l'air que je respire (15)?
Je vous entends d'ici répondre avec fierté :
« Peut-on payer trop cher l'Ordre et la Liberté! »
O ciel! où l'Ordre est-il? Est-ce dans les campagnes,
Où la Religion, les Vertus, ses compagnes,
Sont contraintes à fuir de réduit en réduit,
Et n'osent se montrer qu'avec un sauf-conduit?
Où préfets, sous-préfets, juges-de-paix et maires,
Fantômes renvoyés au pays des Chimères,
Cachent dans leurs cerveaux un ordre élaboré,
Attendant que le Peuple en ait délibéré?
Où tout bandit gouverne? Où la Garde rurale
Fait, défait et refait, par goût pour la morale,

Conseils municipaux, maires et percepteurs,
De l'esprit du pays prétendus corrupteurs,
Et, chassant les curés après trois réprimandes,
Au saint abbé Châtel adresse des commandes (16)?
Ou des bois dévastés les gardes assaillis
Abandonnent d'effroi baliveaux et taillis?
Où dans les blés naissans, jusqu'au garde-champêtre,
Chacun mène ses bœufs et ses ânesses paître?
Où sous les yeux du riche, on lui prend sans façon,
Lapereaux au collet, carpes à l'hameçon?
Heureux quand il obtient, pour prix de son silence,
Que là des villageois s'arrête l'insolence,
Et qu'on ne vienne pas troubler trois fois par nuit
Son sommeil qui conspire, et son repos qui nuit!
Est-ce dans nos cités qu'une ferme police,
De maint agitateur réprimant la malice,
Et d'emprunts libéraux garantissant Mondor,
A ramené la paix, l'ordre de l'âge d'or?
Qu'a donc fait jusqu'ici cette police à l'ambre?
Hélas! la paix d'octobre (17) et l'ordre de décembre (18),
Et la sécurité dont le peuple-ouvrier
Vient d'entourer le deuil du Treize-Février (19).
Sous ses yeux, comme au temps des Romains idolâtres,
Voyez, sur ces tréteaux qui furent des théâtres,
A la dérision des héros vos soutiens,
Des histrions livrer le culte des chrétiens,
A la Religion ces vierges consacrées
Par vos pères fameux bravement massacrées,
Et ces pontifes saints, de vieillesse tremblans,
Dont un monstre à ses pieds foula les cheveux blancs (20)!

Voyez ces légions de Lycurgues imberbes,
De Solons en jaquette et de Brutus en herbes,
Chasser leurs proviseurs et leurs maîtres haïs,
Du fruit de leurs leçons sottement ébahis (21),
Et du peuple excitant ou bornant la licence,
Traiter avec l'Etat de puissance à puissance (22)!
Voyez-les en Sorbonne, orateurs véhémens,
Faire à Barthe essuyer..... de vrais désagrémens,
Et de quatre mouchoirs la blancheur déployée
A dédorer sa face un quart d'heure employée (23)!
Voyez, de la Révolte en chœur chantant les airs,
Ces ouvriers laisser les ateliers déserts,
Aux regards effrayés de la foule accourue,
L'étendard à la main marcher de rue en rue,
Et faire de leurs cris, toujours plus menaçans,
Pâlir Montalivet et trembler les passans!
Voyez-les, de Louvel adorant la mémoire,
Traiter des pleurs sacrés d'attentats à sa gloire;
Des temples, pour punir nos regrets immortels,
Faire tomber les croix et briser les autels;
D'habits saints revêtir leurs infâmes milices;
Dans les halles traîner ciboires et calices;
Et, sur le Dieu vivant, par B*** enhardis,
Chanter des *Requiem* et des *De profundis!*
Voyez ces flots pressés de beautés érotiques
Qui du palais du prince inondent les portiques,
Offrir aux amateurs des amours profanés,
Leur savoir-faire infâme et leurs charmes fanés,
Et, des jeux de Caprée étalant la pancarte,
Louer le Vice à l'heure ou le vendre à la carte;

Et Paris réunir, sous la flamme et le fer,
Sybaris et Lampsaque, et Sodôme, et l'Enfer!
Des forçats libérés la bande libérale
Ainsi fait la police et maintient la morale (24)!
 Mais pourquoi la blâmer? Levons plus haut les yeux :
Vous qui nous gouvernez, vous conduisez-vous mieux (25)?
Exigerez-vous l'ordre alors qu'en vous l'on hue
De la Tour de Babel le bruit et la cohue?
Quel spectacle offre aux yeux, ministres, députés,
Le Pandemonium où vous vous disputez?
Tantôt des ris moqueurs, d'insolentes menaces,
Etouffent les accens des orateurs tenaces
Qui, couverts de brocards sans en être étonnés,
Fermes à la tribune, y restent cramponnés;
Tantôt d'amers lardons et mille avis sinistres
Pleuvent comme la grêle au banc des sept ministres,
Qui, pensant rétablir un combat désastreux,
Courent à la tribune..., et s'y battent entre eux.
Dans le camp d'Agramant la Discorde fatale
Souffla moins de débats que leur banc n'en étale (26).
Par l'exemple enhardi, l'audacieux préfet
Attaque son ministre, et veut s'en voir défait (27).
Ciel! quel tumulte horrible et quel désordre étrange!
De reproches sanglans quel déplorable échange!
L'un maudit du Pouvoir les ridicules peurs;
L'autre de Talleyrand les faux-fuyans trompeurs (28);
Des malheurs de l'Etat, qu'on ne saurait plus taire,
L'autre accuse les sots qui sont au ministère;
Ceux-ci les gazetiers, les prêtres, les robins,
Les carlistes beaucoup....., un peu les jacobins;

Persil, qui perd la tête (29), en sa peur sans seconde,
Hors lui-même et Dupin accuse tout le monde.
Alors, de toutes parts, aux bruyantes rumeurs
Succèdent à la fois d'effrayantes clameurs.
On croirait de l'Enfer entendre mugir l'antre.
La Gauche avec fureur hurle contre le Centre;
Le Centre lui répond par d'effroyables cris.
On voit voler en l'air les discours manuscrits.
En vain dans ce chaos, perché sur sa dunette,
Le triste président fait sonner sa sonnette,
Et sous son chapeau rond, d'un geste fastueux,
Cache avec dignité son front majestueux (30).
« La Liberté, peut-être, à qui tout rend hommage,
De l'ordre qu'on regrette amplement dédommage,
Et nous pouvons, sans peur de nous voir opprimer,
Tout dire, tout écrire et tout faire imprimer.
Dans nos goûts, nos penchans rien ne peut nous contraindre;
On ne sent plus la Loi de ses nœuds nous étreindre;
Nous pensons, nous parlons, nous venons, nous allons,
Nous agissons enfin tout comme nous voulons,
Et jamais on n'a vu le Trône plus facile,
Le Pouvoir moins puissant et la Loi plus docile. »
Un moment. Le Pouvoir du sceptre nous fait don;
Mais à qui de ses droits profite l'abandon?
La belle Liberté que celle dont en France
Seuls jouissent en paix le Vice et l'Ignorance!
Quand sans l'aveu du Peuple on n'ose se mouvoir!
Quand tout gouverne en France, excepté le Pouvoir!
Puis-je tout haut chanter, à moins que Dieu ne tonne :
O Richard! ô mon roi! l'univers t'abandonne?

Oserais-je porter, sous les yeux du vainqueur,
La fleur-de-lis de France ailleurs que dans mon cœur?
Est-il libre vraiment ce pauvre journaliste (31)
Qui, des vertus du prince ayant mal lu la liste,
Oubliant le laurier dans Jemmapes cueilli,
Publia sottement qu'il partait pour Neuilli?
Est-il libre ce pair (32) qui, croyant à la France
Devoir de ses refus expliquer la constance,
Fit mettre en un journal, en la signant au bas,
La lettre qu'à sa Chambre on ne remettait pas?
Est-il libre, aux méchans offert comme une excuse,
Ce généreux Conny (33), qu'un cri de rage accuse
D'avoir des Libéraux réveillé les remords
En allant à la messe et priant pour les morts?
Suis-je libre, chrétien dont, pour le bon exemple,
Vous abattez les croix et profanez maint temple (34),
Et dont vous exilez du Mont-Valérien
Les orateurs sacrés, qui ne disaient plus rien,
Et les cyprès croissans autour de leur demeure,
Et jusqu'aux ossemens des amis que je pleure (35)?
Sont-ils libres, enfin, ces Français soupçonnés
De trop aimer les rois que Dieu leur a donnés,
Quand, au mépris des lois, d'insolentes cohortes
Pour saisir leur pensée osent briser leurs portes,
Ouvrir leurs testamens, lire leurs derniers vœux,
Et, de la conscience étalant les aveux,
Livrer à la satire, à la risée amère,
Les fautes d'une épouse ou celles d'une mère (36)?
A défaut de bonheur, d'ordre et de liberté,
La Gloire, des Français caressant la fierté,

Peut de tant de malheurs consoler la Patrie;
Et son culte, excusable et noble idolâtrie,
Religion d'un peuple ennemi du repos,
Même sous Robespierre ennoblit nos drapeaux (37).
Cent fois vous l'avez dit, et la France doit croire
Que vous prenez du moins quelque soin de sa gloire:
Où donc s'est envolé son fantôme divin?
  Hélas! je le demande et je le cherche en vain;
Les yeux mouillés de pleurs, vainement je l'appelle
Aux lieux où, rajeunie, elle apparut si belle,
Lorsque, de Charles-Quint pulvérisant l'écueil,
Nos foudres de l'Afrique écrasèrent l'orgueil.
Sur une mer long-temps par le crime explorée,
Vers la terre d'exil elle suit, éplorée,
Un héros n'emportant des bords qu'il a conquis
Qu'une palme immortelle et le cœur de son fils (38).
  Partout ailleurs que vois-je, et quelle ombre succède,
O Ciel! à cet éclat à qui tout autre cède,
A ces pures clartés, à ces saintes splendeurs
Dont l'astre des Bourbons couronnait nos grandeurs?
Ce n'étaient plus ces dards, ces flammes, ce tonnerre,
Dont un aigle féroce épouvanta la Terre;
D'un soleil de justice aux bienfaits éternels
C'étaient les doux rayons et les feux paternels.
  Aujourd'hui l'horizon se charge de tempêtes,
De toutes parts l'orage a grondé sur nos têtes;
Et, de vertige atteints, nos guides effrayés
S'égarent au hasard loin des chemins frayés.
Tantôt, la torche en main, nous menaçons l'Europe,
Et Polyphonte insulte aux douleurs de Mérope;

Tantôt, à deux genoux, de l'Europe honni,
Le Pouvoir tremble au nom d'un orphelin banni,
Mais, nouveau Prusias, tâche, en sa marche oblique,
De ne se point brouiller avec la République (39).
Cependant, reniant ses premières amours,
A la Révolte belge on refuse Nemours,
On le laisse espérer, quand notre œil se dessille,
Selon que l'Angleterre ou sourit ou sourcille.
La Pologne ose-t-elle aux Français recourir?
Par de beaux complimens on l'exhorte à mourir;
Et, crevant vingt chevaux, Mortemart court bien vîte
A son enterrement, où Nicolas l'invite.
Au signal d'Albion, du rivage d'Alger
Napoléon-Clausel prêt à déménager,
Et des tentes sans bruit pliant déjà les toiles,
Est prosaïquement descendu des étoiles (40).
Dans Londres Talleyrand joue encore au plus fin;
Mais notre enthousiasme, hélas! tire à sa fin:
A d'importunes peurs tous nos héros succombent;
Les cocardes en foule et les moustaches tombent.
Le clairon des combats sur nos preux stupéfaits
Du fameux cor d'Astolfe a produit les effets (41):
C'est à qui cachera, sans souci qu'on le berne,
Son grand bonnet de poil, son sabre et sa giberne;
Et mes yeux vainement, sur la foule attachés,
Cherchent dans le Palais les clercs emmoustachés.
O Révolution! voilà donc sans ressource
Ton trésor qu'on disait de tant de biens la source!
Armoire que l'Orgueil orna de faux miroirs,
J'ai successivement visité tes tiroirs.

Je demande au premier la Paix et l'Abondance ;
Du Commerce et des Arts tombés en décadence,
De l'Industrie oisive et du Soc arrêté
La confiance heureuse et la prospérité ;
Et je n'y trouve, hélas ! que projets en déroute,
Exploits, billets échus, protêts et banqueroute.
Je tire le second, où Laffitte-Mondor
Avait écrit naguère, en caractères d'or,
Ce mot qui des badauds flattait la bonhomie,
Si magique, si beau, si doux..... ECONOMIE.
Quelques maux qu'à la France on ait su préparer,
Cette seule vertu pourra tout réparer.
O désappointement ! du tiroir redoutable
S'élance en mugissant un monstre épouvantable :
Indomptable taureau, dragon impetueux,
Sa croupe se recourbe en replis tortueux ;
Tout notre or s'engloutit dans sa gueule inhumaine :
Douze cents millions l'assouvissent à peine (42) ;
Et sur son front, d'où sort maint bizarre projet,
Entre ses cornes d'or on écrivit : BUDGET.
Effrayé, j'allais fuir de banquette en banquette ;
Du troisième tiroir j'aperçois l'étiquette :
ORDRE. J'ouvre à la hâte, et, saisi de terreur,
N'y vois que le Tumulte, et le Trouble et l'Horreur.
Le quatrième offrait des Libertés sans gênes,
Et renfermait, hélas ! la Licence et des chaînes.
Le dernier de la Gloire était l'asile : eh bien !
J'eus beau chercher long-temps, je n'y trouvai plus rien.
Grands héros de juillet, permettez donc encore
Que d'un brillant chardon cette main vous décore !

La France vous le donne; et c'est le seul laurier
Qui puisse convenir à votre front guerrier,
Depuis que l'on voit poindre, à nulle autre pareilles,
Sous vos peaux de lion vos superbes oreilles.

NOTES

DE L'ÉPITRE AUX LIBÉRAUX.

(1) Intrépides Titans qu'on vit braver la foudre
D'un benin Jupiter tirant sur vous à poudre,
Et, marchant cent contre un, ravir à nos guerriers,
Sans peur et sans péril, de si nobles lauriers.

L'instruction et les débats du procès des ministres de Charles X ont fait connaître que les troupes royales qui, au nombre de quatre à cinq mille hommes, résistèrent pendant trois jours à soixante ou quatre-vingt mille ouvriers furieux, avaient reçu l'ordre de ne tirer sur le peuple qu'après avoir essuyé cinquante coups de feu, et que, quand on leur commanda de se défendre, la plupart ne trouvèrent dans leurs gibernes que des cartouches sans balles, destinées au simulacre de guerre dont on amusait, l'été, les habitans de Paris, sur les coteaux et dans les plaines qui environnent la capitale.

(2) J'ai tout dit sur ce point, et n'y reviendrai pas.

Dans l'*Epître au comte Edmond de V*** sur le Libéralisme.*

(3) A ce terrible coup, les libéraux frémirent;
Du Rhin à l'Océan tous leurs clubs en gémirent,
Et, contraints de changer de langage et de ton,
S'écrièrent en chœur : « Bien !.... Mais qu'en fera-t-on? »

La consternation des libéraux à la nouvelle de la prise

d'Alger, et leurs efforts pour paraître s'en réjouir, offrirent le spectacle le plus singulier et le plus ridicule, peut-être, que la France eût présenté depuis cinquante ans à l'observateur. M. de Charmettes peignit cette situation avec beaucoup de fidélité dans l'épigramme suivante :

Alger tombe : à Bourmont ce grand triomphe est dû !
D'un bout à l'autre de la France,
On illumine, on chante, on danse.
Dans la foule entraîné, perdu,
Heurté, poussé, pressé, rendu,
Plus d'un libéral éperdu
Prend son plaisir en patience.

(4) De ministres brillans et tout pleins d'avenir,
En moins de quatre mois, trois belles carrossées.

Depuis que ces vers sont écrits, nous voici à la quatrième.

(5) Chasseurs en escarpins, grenadiers en besicles,
De leurs ventres bourgeois pressant les hémicycles.

L'embonpoint antérieur et postérieur de nos gardes nationaux, avait déjà donné lieu à la plaisanterie suivante :

Nos soldats-citoyens sont tous, ou la plupart,
Joufflus, dodus, pansus, arrondis, gras à lard :
Aussi, pour aligner tant de mines guerrières,
Le diable perdrait son latin.
Parvient-on à ranger ces gros ventres ? soudain
Débordent tous ces gros ....
Grâce à leurs officiers, leur front toujours mouvant
Serpente de manière étrange :
Hélas ! l'un par-derrière incessamment dérange
Ce que l'autre fait par-devant.

(6) . . . . Calicots triomphans.

Il importe d'apprendre à la province, à l'Europe, et surtout à la postérité, ce qu'on entend à Paris par *calicots*. On appelle de ce nom MM. les garçons de boutique des marchands de nouveautés. Il leur est venu de ce qu'en 1817 et 1818, ils avaient adopté pour uniforme des moustaches, des bottes à éperons et des pantalons de calicot.

(7) Hélas ! et nous voilà fortifiant Paris.

On sait que le gouvernement fait travailler depuis quatre mois à fortifier Paris et Lyon, et a déjà sacrifié aux travaux nécessaires des sommes très-considérables.

(8) Le crédit, en dépit du *Courrier*, des *Débats*,
Passait toute espérance ; il croule, il est à bas.

On se rappelle que le cinq pour cent avait dépassé 111 fr. avant la révolution de juillet ; et l'on sait qu'il est descendu depuis jusqu'à 75 fr.

(9) Ouvriers qui, bravant cent vapeurs délétères,
Travailliez jour et nuit à faire en comptes ronds
Des marquis-raffineurs et des tailleurs-barons.

On sait que, parmi nos grands industriels, si ennemis, en général, de l'ancienne noblesse, un grand nombre avaient sollicité avec succès des titres de barons, de vicomtes, de comtes, de marquis, et fondé de riches majorats.

(10) Vain espoir ! d'un grand quart sa dépense est accrue.

Il faudrait dire aujourd'hui *de moitié ;* mais ceci s'écrivait au mois de février dernier.

(11) Et, riche en tribunaux, une loi lui commande
De se juger soi-même ou de payer l'amende.

On voit bien qu'il s'agit ici de l'admirable institution du jury.

(12) Fléaux des rats-de-cave.

Le peuple appelle ainsi les commis des droits réunis, autrement dits *contributions indirectes*.

(13) Et les punir d'oser, impertinens furets,
Oublier les égards qu'on doit aux cabarets.

Allusion aux visites que la loi autorise les préposés des droits réunis à faire chez les marchands de vin en gros et en détail, et même chez les propriétaires de vignobles, pour constater les quantités vendues, et vérifier si les droits ont été payés proportionnellement; c'est ce qu'on appelle l'*exercice*. On n'a pas oublié les réclamations auxquelles il a donné lieu, et la violence avec laquelle l'opposition en demandait la suppression dans les dernières années du règne de Charles X.

(14) . . . . Bouchon.

Quelques personnes prétendent que le vrai nom de ce député n'est pas *Bouchon*, mais *Bouchot;* d'autres veulent même qu'il s'écrive *Bouchotte :* mais plusieurs persistent à soutenir que c'est vraiment *Bouchon* qu'il faut l'écrire, ainsi que nous l'avons lu imprimé plusieurs fois dans les journaux. C'est une difficulté que nous laissons à éclaircir aux érudits futurs, pour l'instruction de la postérité, qui ne peut manquer de s'occuper beaucoup de M. Bouchot, Bouchotte ou Bouchon.

(15) Comment donc souffrez-vous que, la toise à la main,
Envoyé par Laffitte, un commis inhumain
M'y vienne mesurer et taxe avec empire
Et le jour qui m'éclaire, et l'air que je respire?

On sait qu'une loi adoptée sur la présentation de M. Laffitte, a substitué au système de l'*impôt de répartition* celui de l'*impôt de quotité*, devant les inconvéniens duquel avaient reculé tous les précédens ministres des finances. Une des conséquences les plus odieuses de ce nouveau système est d'autoriser les agens du fisc à s'introduire dans les habitations, pour y compter le nombre des portes et fenêtres et en mesurer la hauteur et la largeur, afin de déterminer le droit dû pour chacune d'elles.

(16) Et chassant les curés après trois réprimandes,
Au saint abbé Châtel adresse des commandes?

On sait que M. l'abbé Châtel a annoncé dans les journaux qu'il fournirait, sur leur demande, aux communes mécontentes de leurs curés, des prêtres à bon marché, indépendans des évêques, et qui célébreraient la messe en français. Quelques villages ont voulu profiter de l'occasion, et ont fait des commandes; mais M. le ministre des cultes s'est avisé d'y opposer son *véto*.

(17) . . . . . La paix d'octobre.

Emeutes du mois d'octobre 1830, dans lesquelles le Palais-Royal et le château de Vincennes furent au moment d'être assaillis par quelques milliers de furieux soudoyés pour demander les têtes des ministres de Charles X.

(18) . . . . Et l'ordre de décembre.

Journées du mois de décembre 1830, où la populace, soulevée par des meneurs ayant pour objets, les uns, le rétablissement de la république, les autres, celui du gouvernement impérial, voulut arracher aux débris de la Chambre des pairs la condamnation à mort des anciens ministres.

(19) Et la sécurité dont le peuple ouvrier
Vient d'entourer le deuil du Treize-Février.

La justice exige qu'on observe ici qu'il y avait beaucoup moins de véritables ouvriers que de forçats libérés parmi les démolisseurs de Saint-Germain-l'Auxerrois, de quelques autres églises, et du palais de l'Archevêché. Ces forçats libérés étaient le reste de ceux qui s'étaient rendus en foule à Paris de tous les points du royaume, dans le courant du mois de juillet 1830, pour prendre part aux glorieuses journées.

(20) Et ces pontifes saints, de vieillesse tremblans,
Dont un monstre à ses pieds foula les cheveux blancs.

Dans la pièce intitulée *l'Empereur,* qui a attiré une foule immense au Cirque-Olympique, on voit, dans la scène du Sacre, des prêtres, des évêques, des cardinaux, et le pape Pie VII lui-même, représentés par des palfreniers, des artistes de voltige et des danseurs de corde. On y dit la messe sur le théâtre, et l'histrion qui joue le rôle du pape y donne la bénédiction aux assistans.

On a révoqué en doute que Napoléon ait maltraité le pape Pie VII dans le palais de Fontainebleau. C'est du moins une tradition consacrée par la plume de M. de Chateaubriand, à l'époque où cette plume était si éminemment royaliste et chrétienne. « Celui, » dit-il dans sa fameuse brochure intitulée *De Bonaparte et des Bourbons,* « celui qui priva de ses Etats le prêtre vénérable qui lui avait mis la couronne sur la tête ; celui qui, à Fontainebleau, osa *frapper de sa propre main le souverain pontife, et traîner par ses cheveux blancs le père des fidèles,* celui-là crut peut-être remporter une nouvelle victoire : il ne savait pas qu'il restait à l'héritier de Jésus-Christ ce sceptre de roseau et cette couronne d'épines qui triomphent tôt ou tard de la puissance du méchant. »

(21) Voyez ces légions de Lycurgues imberbes,
De Solons en jaquette et de Brutus en herbes,
Chasser leurs proviseurs et leurs maîtres haïs,
Du fruit de leurs leçons sottement ébahis.

Allusion aux révoltes des colléges, dans lesquelles on a vu des enfans de onze et douze ans exiger le renvoi de leurs maîtres d'études et quelquefois de leurs proviseurs. Si l'on pouvait trouver quelque chose de plaisant dans ces scènes de désordre, ce serait l'étonnement de ces professeurs, qui ne peuvent comprendre l'insubordination de la jeunesse, après lui avoir fait admirer pendant quinze ans les insurrections romaines, et proposé comme des modèles d'héroïsme les Gracques et les Brutus.

(22) Et du peuple excitant ou bornant la licence,
Traiter avec l'État de puissance à puissance.

On a vu les élèves de l'Ecole polytechnique, de l'Ecole de droit et de l'Ecole de médecine, offrir, à de certaines conditions, au gouvernement, pendant les troubles de décembre, leur médiation auprès de la populace; le gouvernement l'accepter; la Chambre des députés leur voter des remerciemens; et ces messieurs déclarer dédaigneusement qu'ils ne voulaient pas des remerciemens d'une telle Chambre.

(23) Voyez-les en Sorbonne, orateurs véhémens,
Faire à Barthe essuyer.... de vrais désagrémens,
Et de quatre mouchoirs la blancheur déployée,
A dédorer sa face un quart d'heure employée.

Voyez la note 27 sur l'*Epître au comte de V****.

(24) Des forçats libérés la bande libérale
Ainsi fait la police et maintient la morale.

Ceci peut s'entendre également des agens de la police de Paris, dits vulgairement *mouchards*, lesquels sont la plupart, comme on sait, pris parmi les forçats libérés, et de ces bandes de forçats libérés étrangers à la police, mais qui parurent seuls chargés de la faire à leur manière, le 14 février dernier et les journées suivantes.

(25) Vous qui nous gouvernez, vous conduisez-vous mieux?

Il est sans doute inutile de faire remarquer que par ces mots, *vous qui nous gouvernez*, l'auteur a voulu désigner uniquement les divers ministères qui se sont succédés, et cette partie turbulente de la Chambre des députés, qui, pendant long-temps, a dirigé ou prétendu diriger les affaires.

(26) Dans le camp d'Agramont la discorde fatale
Souffla moins de débats que leur banc n'en étale.

Voyez le XXVIIe chant de l'*Orlando furioso*.

(27) Par l'exemple enhardi, l'audacieux préfet
Attaque son ministre et veut s'en voir défait.

Allusion à la dispute survenue entre M. de Montalivet, alors ministre de l'intérieur, et M. Odillon-Barrot, alors préfet du département de la Seine.

(28) . . . . . De Talleyrand les faux-fuyans trompeurs.

On sait à quels reproches a été en butte, dans la Chambre des députés, la conduite de M. de Talleyrand, ambassadeur de Louis-Philippe à la cour d'Angleterre.

(29) Persil, qui perd la tête . . . . .

M. Persil, procureur-général près la Cour royale de Paris. On se rappelle le grand talent qu'il a déployé devant la Cour des pairs, dans le procès des ministres de Charles X.

(30) Et sous son chapeau rond . . . . .

Les députés ont renoncé au costume que leurs prédécesseurs avaient adopté, et se rendent à la Chambre en frac, en redingotte et en chapeau rond.

(31) Est-il libre, vraiment, ce pauvre journaliste . . . . .

M. de Brian, éditeur-responsable de *la Quotidienne*, condamné à une forte amende et à six mois d'emprisonnement pour avoir laissé imprimer dans ce journal, d'après un rapport inexact, que le roi Louis-Philippe était parti pour Neuilli. Depuis ce jugement, M. de Brian a subi cinq ou six condamnations tout aussi fondées.

(32) Est-il libre ce pair . . . . .

M. le comte de Kergorlay, puni de sa fidélité et de son

courage par la prison et l'amende, mais dont le nom ne peut plus périr.

(33) Est-il libre, aux méchans offert comme une excuse,
Ce généreux Conny . . . . .

Depuis que ces vers sont écrits, M. le vicomte de Conny a été mis en liberté, par ordonnance de *non lieu*, après quarante-cinq jours de détention sous les voûtes humides de la Conciergerie.

Un vaudeville intitulé *M. Mayeux*, qui a obtenu un très-grand succès, renferme un couplet assez piquant, et toujours fort applaudi, sur l'entassement des prévenus et des condamnés dans les prisons depuis la glorieuse révolution de juillet. Mayeux, dont un homme du pouvoir cherche à intimider la verve satirique, répond :

Ami, vos menaces sont vaines,
Et je crains peu d'être arrêté ;
Car toutes les prisons sont pleines
Depuis qu'on a la liberté.

(34) Suis-je libre, chrétien dont, pour le bon exemple,
Vous abattez les croix et profanez maint temple?

Abattage des croix de mission ; dévastation de Saint-Germain-l'Auxerrois et de quelques autres églises de Paris.

(35) Et dont vous exilez du Mont-Valérien
Les orateurs sacrés, qui ne disaient plus rien,
Et les cyprès croissans autour de leur demeure,
Et jusqu'aux ossemens des amis que je pleure?

Ordonnance du mois de janvier 1831, qui supprime les établissemens religieux du Mont-Valérien, régulièrement et légalement autorisés par une ordonnance de Louis XVIII.

(36) Quand, au mépris des lois, d'insolentes cohortes
Pour saisir leur pensée osent briser leurs portes,
Ouvrir leurs testamens, lire leurs derniers vœux,
Et, de la conscience étalant les aveux,

Livrer à la satire, à la risée amère,
Les fautes d'une épouse ou celles d'une mère ?

Visites domiciliaires illégales ordonnées par M. de Montalivet, par la voie du télégraphe. On sait qu'à Fontainebleau, l'un des sbirres employés à ces violations de domiciles osa lire à haute voix la confession écrite de Mme D***. Cette dame s'évanouit dans les bras de sa fille ; son fils, saisi de fureur, terrassa le scélérat, et lui arracha la confession de sa mère. Quand les personnes opprimées par des actes arbitraires si révoltans ont voulu poursuivre devant les tribunaux les fonctionnaires publics qui les avaient fait exécuter, M. de Montalivet a prescrit aux procureurs-généraux de s'y opposer, en vertu de la Constitution de l'an VIII, qui ne permet pas qu'un fonctionnaire soit poursuivi sans l'autorisation du conseil d'Etat, pour des faits relatifs à l'exercice de ses fonctions. Il est vrai que les fonctionnaires dont il s'agit auraient probablement mis leur responsabilité à couvert en exhibant les ordres de M. de Montalivet, ce qui, d'après notre législation, aurait fait remonter l'accusation jusqu'à lui. Quelques personnes doivent, dit-on, demander au conseil d'Etat l'autorisation exigée. Elles auraient assurément grand tort de ne pas le faire. Le conseil d'Etat ne saurait la leur refuser sous l'empire *d'une Charte qui est une vérité.*

(37) La Gloire . . . .
. . . .
Même sous Robespierre ennoblit nos drapeaux.

Pendant l'horrible tyrannie qu'on a si bien appelée le *règne de la Terreur*, l'honneur français se réfugia dans les camps, et la gloire de nos armées, qui formaient autour de nous comme une barrière de baïonnettes, sembla vouloir cacher à l'étranger le honteux spectacle que présentait l'intérieur du pays. On a assez bien peint cet état de choses, en disant que la France ressemblait alors à un mauvais tableau d'enseigne auquel on aurait donné une bordure de diamans.

(38) Un héros n'emportant des bords qu'il a conquis,
Qu'une palme immortelle et le cœur de son fils.

M. le maréchal de Bourmont avait fait embaumer à part le cœur du fils qu'il a perdu pendant la campagne d'Alger. C'est le seul trésor qu'il ait emporté d'Afrique. Le conquérant d'Alger peut dire comme Nérestan :

Une pauvreté noble est tout ce qui me reste.

On ne lui laisse point toucher le traitement attaché à son grade; et l'on a vu Mme la maréchale de Bourmont dans l'impossibilité de payer le loyer du logement qu'elle occupait à Paris.

(39) Mais, nouveau Prusias, tâche, en sa marche oblique,
De ne se point brouiller avec la République.

Allusion au vers que Corneille met dans la bouche du roi Prusias :

Ah! ne me brouillez point avec la République!
NICOMÈDE, acte II, scène III.

(40) Au signal d'Albion, du rivage d'Alger
Napoléon-Clausel prêt à déménager,
Et des tentes sans bruit pliant déjà les toiles,
Est prosaïquement descendu des étoiles.

On n'a pas encore oublié cet ordre du jour à la Buonaparte, et formant un si grand contraste avec la simplicité modeste de ceux du maréchal de Bourmont, dans lequel le général Clausel disait à l'armée d'Alger : *Soldats! les feux de vos bivouacs se sont mêlés aux étoiles sur les sommets de l'Atlas!*

Au reste, nous avons déjà remarqué que ce n'est pas le général Clausel qui sera chargé de remettre aux Anglais la conquête du maréchal de Bourmont. Depuis que ces vers ont été écrits, il a quitté Alger, et est revenu en France.

(41) Le clairon des combats sur nos preux stupéfaits,
Du fameux cor d'Astolfe a produit les effets.

Voyez, pour les effets merveilleux de ce cor, les XXe, XXIIe et XXIIIe chants de l'*Orlando furioso*.

(42) Douze cents millions l'assouvissent à peine.

Il faut toujours se rappeler que cette épître a été composée vers le milieu de février dernier. Les choses ont bien empiré depuis. « Il y a deux mois, dit *la Tribune du* 29 *mars* 1831, nous n'avions qu'un tout petit budget de 1,200 et quelques millions; mais il grandit à vue d'œil comme un enfant de belle espérance. Voilà tout au plus quinze jours qu'il comptait par 1,300 millions. Aujourd'hui, à quatre heures, M. Humann l'avait mesuré à 1,434,655,000 fr., et à quatre heures un quart, M. Casimir Périer nous a annoncé qu'il atteindrait demain 1,534,655,000 fr. Voilà, si je ne me trompe, un budget triple de celui du consulat. »

Les dépenses prévues de 1831 atteignent maintenant 1,600 millions; et le tout n'a encore pour objet que le pied de paix!

Épître

A M. DE MONTALIVET.

AVERTISSEMENT.

M. le comte Montalivet ou de Montalivet, fils encore très-jeune du ministre de ce nom qui, sous Napoléon Buonaparte, dirigea si long-temps le département de l'Intérieur, n'était encore connu que de ses professeurs et de ses camarades de collége, quand un gouvernement qui professait alors le plus profond respect pour la jeunesse, l'appela dans le Cabinet, soit comme représentant des écoles, soit en vertu d'une sorte de droit de naissance : la révolution de 1830, qui brisa l'hérédité royale et fêla celle de la pairie, paraît beaucoup respecter les hérédités révolutionnaires et impérialistes.

La dénonciation de M. de Kergorlay à la Chambre des pairs, la glorieuse journée du 14 février dernier, la fameuse dépêche télégraphique du même jour, les visites domiciliaires qui en furent le résultat, la détention de M. de Conny, le procès Valerius, etc., ont tout à coup jeté un grand éclat sur M. de Montalivet, deuxième du nom : ce nom ne peut plus périr.

Février 1831.

EPITRE

A M. DE MONTALIVET,

SUR LA PEUR.

C'est une estrange passion. De vray, j'ai veu beaucoup de gens insensés de peur : et au plus rassis, il est certain, pendant que son accès dure, qu'elle engendre de terribles esblouissemens. (MONTAIGNE, l. I, ch. 18.)

Toi qui, pendant quinze ans, de tes dégoûts vainqueur,
Enduras des bontés qui *faisaient mal au cœur* (1),
Et qui, sans murmurer, digérant cet outrage,
Montras évidemment jusqu'où va ton courage;
Toi qui, tes rois tombés, trébuchant sous le faix,
T'es noblement sur eux vengé de leurs bienfaits,
Ministre au poil naissant, prince de la Jeunesse,
Achille aux pieds légers, Alcide au lait d'ânesse.
Explique-nous comment s'empare d'un cerveau
Certain mal odieux, chez les Français nouveau,
Monstre depuis huit mois, avec des cris sinistres,
Attaché constamment aux trousses des ministres;
Tyran qui change en *oui* sur leurs lèvres un *non* (2);
La Peur, enfin, s'il faut l'appeler par son nom.

Tu n'en peux être atteint, toi qu'on a vu naguère
De Vincenne à Paris, en appareil de guerre,
Quoique un peu vacillant sur ton fier destrier,
Et pressant tour à tour l'un et l'autre étrier,
Conduire au petit trot, par le froid de décembre,
Les captifs que des pairs allait juger la Chambre (3).
Ni de tes bienfaiteurs l'importun souvenir,
Ni le spectre effrayant d'un douteux avenir,
Ni de ton rang nouveau le decorum illustre,
Ni ton habit brodé brillant de tout son lustre,
Rien ne put t'empêcher d'affronter le pamphlet,
Et la bise, et la boue, et les coups de sifflet,
Pour joindre à tes honneurs, après quelque souffrance,
Ce titre glorieux : *Premier recors de France* (4).
Je te tiens donc pour brave, et n'en veux point douter;
Il n'est rien qu'aujourd'hui tu puisses redouter;
Ton âme peu commune, où le courage abonde,
Défierait le danger le plus nauséabonde;
Et ce n'est pas à toi qu'un carliste moqueur
Oserait demander : *Rodrigue, as-tu du cœur?*
Daigne donc m'expliquer par quels motifs bizarres,
De son audace au Monde ayant donné des arrhes,
La Révolution s'en vint, le lendemain,
Demander grâce aux rois, son bonnet à la main;
A l'un promit Alger; à l'autre, en grand mystère,
Fit serment d'obliger les journaux à se taire;
A tous, de renfermer dans la France aux abois
L'esprit de propagande et la haine des rois?
Est-ce ainsi que jadis, par sa fougue entraînée,
Au-devant des périls courait sa sœur aînée,

Lorsqu'elle répondait, ferme en ses attentats,
Par un défi de guerre à tous les potentats?
Quand la cadette rampe aux pieds de qui la blesse,
Serait-ce qu'en secret elle sent sa faiblesse,
Et qu'elle sait qu'au jour d'un conflit général,
La France, qui la hait, la défendrait fort mal?
Craindrait-elle, entre nous, cette épreuve authentique?
On le soupçonnerait à voir sa politique
Refuser de soumettre au peuple souverain
Le choix dont Lafayette au mois d'oût fut parrain;
Sur trente millions de rois mis hors de page,
A deux cent mille, au plus, donner droit de suffrage (5);
Et réduire le reste (étrange égalité!)
A l'ilotisme enfant de la Légalité.
Qui fuit son jugement se condamne soi-même.
On a surtout douté de sa force suprême,
Quand on l'a vue, en proie à de honteuses peurs,
Ne pouvoir de son mal dissiper les vapeurs,
Et sûre, disait-on, du bon droit et du nombre,
S'effrayer d'un portrait, d'une épingle et d'une ombre (6).
Qu'elle parut petite en ses coups de collier,
Enfantine et livrée aux soins d'un écolier,
Quand, avec ses longs bras, le télégraphe agile,
Propageant de la Peur le rapide évangile,
Fit des nouveaux préfets les plus fiers tressaillir
Sur les siéges où peu se flattent de vieillir!
Que ta foudre fut pâle, et ton arc ridicule,
Laffitte-Jupiter, Montalivet-Hercule!
Du Rhin à l'Océan, d'Antibes à Rocroi,
Comme on rit, quand on vit vos procureurs du roi,

Généraux-commandans, préfets, sous-préfets, maires,
De vertiges saisis, pour chasser aux chimères,
Tous se mettre en campagne et courir les déserts
Au signal arrivé par le chemin des airs!
D'une antique soubrette amusant la malice,
L'un, d'un amas de poudre instruit par sa police,
Ne trouver, dans le fond du carton désigné,
Qu'amidon pacifique et toupet bien peigné (7);
L'autre, croyant enfin d'un complot politique
Avoir surpris la trame et la preuve authentique,
Entendre lire, et voir mettre au procès-verbal
De sa chaste moitié les intrigues de bal (8);
Ici du fier préfet la jactance en déroute
Rencontrer nez-à-nez sa vieille banqueroute (9);
Ailleurs le sous-préfet, justement alarmé,
Qui surprend un château d'artillerie armé,
Plus consterné que Pan croyant tenir Syringue (10),
Dans un cabinet noir saisir une seringue (11);
Et du *Diable volant* l'exorciste idiot
Présenter humblement une assiette à Diot (12)!
Vois combien les terreurs dont il subit l'entrave,
Peuvent faire de tort au renom du plus brave,
Des lois et du bon sens contempteur valeureux,
Que le sort associe à cinq ou six peureux!
On dit, et sans horreur je ne puis le redire,
Qu'en ce jour plein de gloire où, brûlant de tant d'ire,
Des forçats libérés la haine pour les rois
Ravagea sous tes yeux Saint-Germain-l'Auxerrois;
Quand, réprimant l'ardeur dont le danger t'anime,
Tu montrais d'un héros le calme longanime,

Et pour le télégraphe, au fond d'un cabinet,
Mettais si bravement mainte dépêche au net;
On dit, que la frayeur guidait seule ta plume,
Et plus que le courroux qu'un noir complot allume,
Contre les fleurs-de-lis, les croix de nos chemins,
Du marteau destructeur arma tes faibles mains;
Qu'elle te dicta l'ordre absurde et tyrannique
Qui renferma Conny dans un cachot inique;
Que ton esprit troublé voyait de toutes parts
Tes préfets éperdus et tes maires épars;
Des faubourgs soulevés les hordes accourues;
Cent canons menaçans pointés au coin des rues;
Et que jadis, d'eau chaude et d'effroi pénétré,
Le héros limousin par Molière illustré (13),
Jamais ne craignit tant la fougue et la furie
Des héros dont Cadet (14) conduit l'artillerie.
Noble Montalivet, souffriras-tu long-temps
Ces discours odieux de Pythons mécontens
Qui sifflent, éblouis de ta gloire immortelle,
Et, raillant ta valeur, se demandent : « Mord-elle ? »
Crois-moi, marche au combat, fronce ton noir sourcil,
Et, la foudre à la main, soutenu de Persil,
Apprends à tes censeurs, pour toute apologie,
Qu'il reste de la place à Sainte-Pélagie !
Voilà comme, écartant un nuage trompeur,
Un héros tel que toi prouve qu'il n'a pas peur.
Un jury bien choisi, pris devers Saint-Magloire (15),
Peut au troisième ciel faire monter ta gloire;
Et d'un beau jugement l'honorable brevet
A côté de Bayard mettre Montalivet (16).

A tes associés tombant en défaillance,
Inspire, en attendant, un peu de ta vaillance,
Héros du ministère! et qu'ils nous fassent voir
D'un reste de pudeur la force et le pouvoir.
Ils peuvent se montrer et faire du courage;
La grêle a fait son œuvre; on n'entend plus l'orage;
Le fer laisse en repos les autels démolis,
Et l'écusson royal est veuf des fleurs-de-lis.

NOTES

DE L'ÉPITRE A M. DE MONTALIVET.

(1) Toi qui, pendant quinze ans, de tes dégoûts vainqueur,
Enduras des bontés qui *faisaient mal au cœur.*

Tout le monde se rappelle l'étrange expression à laquelle ce dernier hémistiche fait allusion. *La restauration des Bourbons,* a dit M. de Montalivet à la tribune de la Chambre des députés, *nous a, pendant quinze ans, fait mal au cœur.*

M. de Chateaubriand, dans sa dernière brochure, a rappelé quelques-uns des bienfaits que M. de Montalivet avait acceptés des Bourbons : « MM. d'Argout et de Montalivet ont reçu la pairie de la légitimité; le second a même hérité, non seulement de la pairie de son père, mais encore collatéralement de la pairie de son frère : *faveur bien méritée sans doute, mais toute particulière.* » (*De la Restauration et de la Monarchie élective*, page 56.)

(2) Tyran qui change en *oui* sur leurs lèvres un *non*.

Non, la France ne permettra pas que les troupes autrichiennes entrent dans les États du Pape, disaient les dépêches de M. Sébastiani à l'ambassadeur de France à Vienne. *Mais la France permettra-t-elle qu'on se passe de sa permission?* demandait le prince de Metternich. Et l'on prétend que M. Sébastiani répondit affirmativement.

M. Casimir Périer a expliqué cette diplomatie à la Chambre des députés. Elle peut se comparer à la conduite de ces filles d'humeur douce et patiente, qui laissent faire tout ce qu'on veut, mais qui, crainte de péché, se gardent bien de consentir à rien. Elle consiste uniquement à tout souffrir en criant à tue-tête : *Je ne consens pas! je ne consens pas!*

(3) . . . . Toi qu'on a vu naguère,
. . . .
Conduire au petit trot, par le froid de décembre,
Les captifs que des pairs allait juger la Chambre.

La conduite de M. de Montalivet, en cette circonstance, fut d'autant plus ridicule, que, si la populace eût tenté d'assaillir les ministres de Charles X, il n'avait aucune qualité pour intervenir, soit en faisant les sommations prescrites par la loi, soit en requérant la force armée d'agir ; car les ministres ne sont point placés par le Code au nombre des officiers de police judiciaire. Le moindre commissaire de police, au contraire, pouvait ce que M. de Montalivet ne pouvait pas ; et, si une attaque avait eu lieu, il eût été réduit à l'alternative de rester spectateur inactif du désordre, ou de commettre une *usurpation de fonctions publiques*, délit prévu par le Code pénal. Mais ce sont là des choses qu'on n'apprend pas au collége.

(4) Ce titre glorieux : *Premier recors de France.*

Ceci rappelle le couplet que fit le grand Condé, conduit par le comte, depuis maréchal d'Harcourt, du château de Vincennes à la citadelle du Havre, et qu'il lui chanta tout le long du chemin :

Cet homme gros et court,
Si connu dans l'histoire,
Ce grand comte d'Harcourt,
Tout couronné de gloire,
Qui secourut Casal et qui reprit Turin,
Est maintenant recors de Jules Mazarin.

(5) Sur trente millions de rois mis hors de page,
A deux cent mille, au plus, donner droit de suffrage.

Nouvelle loi des élections. La Charte de 1830 ayant implicitement posé en principe la souveraineté du peuple, il s'ensuit que la France contient trente deux millions de rois ou fractions de souverain; mais la loi sur les élections ne permet qu'à deux cent mille environ de se mêler un peu de la souveraineté.

(6) S'effrayer d'un portrait, d'une épingle et d'une ombre.

Le souvenir du duc de Berri, la lithographie d'Henri V, et l'épingle de l'élève de Saint-Cyr qui l'attacha au catafalque de Saint-Germain-l'Auxerrois.

(7) Ne trouver, dans le fond du carton désigné,
Qu'amidon pacifique et toupet bien peigné.

Aventure de M. A***, sous-préfet de l'arrondissement de C***. On sait que la poudre à poudrer se fait avec de l'amidon.

(8) Entendre lire, et voir mettre au procès-verbal
De sa chaste moitié les intrigues de bal.

M. J***, maire de R***, ayant saisi dans le secrétaire de M. de *** un portefeuille rempli de lettres, fut fort embarrassé de sa contenance quand la lecture qui en fut faite apprit aux assistans que Mme J*** poussait le libéralisme jusqu'à ses dernières conséquences.

(9) Ici du fier préfet la jactance en déroute
Rencontrer nez-à-nez sa vieille banqueroute.

Aventure de M. d'A***.

(10) Plus consterné que Pan croyant tenir Syringue.

Nos vieux poëtes français traduisent souvent ainsi le nom de la nymphe Syrinx. Amyot écrit *Syringe*.

(11) Dans un cabinet noir saisir une seringue.

Mystification de M. G***, sous-préfet de l'arrondissement de M***.

(12) Et du *Diable volant* l'exorciste idiot
Présenter humblement une assiette à Diot.

Tout le monde a entendu parler de ce fameux chef de partisans, que les soldats envoyés à sa poursuite ont surnommé *le Diable volant*. Un maire de bourgade, grand libéral s'il en fut jamais, s'étant vanté, en dînant avec ses amis, de mettre ce diable-là à la raison, et de l'amener pieds et poings liés à la préfecture, venait à peine de prendre cet engagement, qu'à sa grande consternation, il vit entrer dans le bourg et marcher droit vers sa demeure le terrible Diot et ses compagnons ; lesquels le faisant lever de table, ainsi que ses convives, s'y assirent, et se firent servir par le fanfaron pendant le repas qu'ils firent à ses dépens.

(13) Le héros limousin par Molière illustré.

M. de Pourceaugnac.

(14) . . . . Cadet . . . .

Célèbre apothicaire de Paris.

(15) . . . . Saint-Magloire.

Quartier de Paris plein de marchands.

(16) A côté de Bayard mettre Montalivet.

On sait que Bayard fut surnommé *le chevalier sans peur et sans reproche*.

Épître

A M. LE VICOMTE DE CHATEAUBRIAND.

AVERTISSEMENT.

M. de Chateaubriand vient de publier sous ce titre : *De la Restauration et de la Monarchie élective,* une brochure qui a dû blesser les hommes du milieu, faire sourire les républicains, et affliger les vrais royalistes.

Il a pris pour la publier le moment où la Chambre des députés discutait la proposition de M. Baude, tendant à prononcer le bannissement perpétuel de la branche aînée des Bourbons.

Il déclare, dans les premières lignes de sa brochure, que c'est cette proposition qui l'a déterminé à répondre à une *question obligeante* qui lui a été faite, à diverses reprises, par les feuilles publiques, à savoir « pourquoi il refusait de servir une révolu-« tion qui consacre des principes qu'il a défendus et « propagés ; » ce qu'il ne nie point.

Ainsi, voilà qui est bien entendu, et personne ne prétendra plus conserver à cet égard le moindre doute, M. de Chateaubriand *a défendu et propagé les principes de la révolution de* 1830.

Il y a cependant de bonnes gens, des royalistes candides qui, même après avoir lu cette déclaration, croient encore que M. de Chateaubriand a publié une brochure en faveur de la restauration et de la légitimité.

Si cela était vrai, l'auteur de l'épître qu'on va lire se serait singulièrement mépris, et il serait coupable envers M. de Chateaubriand de la plus grande injustice du monde; car il a considéré sa brochure et la signale aux royalistes comme une satire sanglante contre les Bourbons de la branche aînée, contre la restauration et la monarchie.

Pour mettre le lecteur à même d'en juger et de décider si c'est M. de Charmettes qui se trompe, ou les journaux royalistes qui ont loué la brochure de M. de Chateaubriand, nous nous bornerons à citer quelques passages de celle-ci :

« La légitimité était le pouvoir incarné : *en la sa-« turant de libertés,* on l'eût fait vivre, en même « temps qu'elle nous eût appris à régler ces liber-« tés. *Loin de comprendre cette nécessité, elle vou-« lut ajouter du pouvoir à du pouvoir;* elle a péri par « l'excès de son principe. » (Pages 8 et 9.)

« Quant à la restauration, les quinze années de « son existence, *avec leurs inconvéniens, leurs fau-« tes, leur stupidité, leurs tentatives de despotisme « par les lois et par les actes, le mal-vouloir de l'es-« prit qui les dominait,* ces quinze années sont, à « tout prendre, les plus libres dont aient jamais « joui les Français depuis le commencement de leurs « annales. » (Pages 13 et 14.)

« Si les vrais triomphateurs de juillet s'expriment « avec amertume sur ce qui leur semblait compri- « mer leur énergie, *je m'associe à leur généreuse « ardeur, à leurs vives espérances.* » (Page 17.)

« Les rois pourraient encore sauver l'ordre et la « monarchie *en faisant les concessions nécessaires.* « Les feront-ils? Point ne le pense.» (Page 28.)

« Ce n'est point que j'aie la prétention d'être un « larmoyant prédicant de politique sentimentale, *un « rabâcheur de panache blanc, et des lieux communs « à la Henri IV.* En parcourant des yeux l'espace « qui sépare la tour du Temple du château d'Edim- « bourg, je trouverais sans doute autant de calamités « entassées qu'il y a de siècles accumulés sur une « noble race. » (Même page.)

« *Je ne m'apitoie point sur une catastrophe provo- « quée :* il y a eu parjure, et meurtre à l'appui du « parjure. » (Page 29.)

« *Sous le prétexte de conjurations qui n'existaient « pas*, ou qui n'ont existé que jusqu'à l'année 1823, « priver toute une nation de ses droits! mettre la « France en interdit! *C'était une odieuse bêtise, qui a « reçu et mérité son châtiment.* Si cette entreprise *de « l'imbécillité et de la folie* eût réussi pendant quel- « ques jours, *le sang eût coulé.* La faiblesse victo- « rieuse est implacable; toutes les paroles des cour- « tisans et des espions *jubilaient de vengeance.* » (Page 30.)

« Que voudrait ce vieux parti royaliste, plein « d'honneur et de probité, mais *dont l'entendement « est comme un cachot voûté et muré, sans porte, « sans fenêtre, sans soupirail, sans aucune issue à « travers laquelle se pût glisser le moindre rayon de « lumière?* Ce vieux et respectable parti tomberait « dans les fautes qu'il a faites hier. Toujours dupe « des hypocrites, des intrigans, des escrocs et des « espions, il passe sa vie *dans de petites manigances « qu'il prend pour de grandes conspirations.* » (Pages 32 et 33.)

« Entre les hommes *qui livreraient toutes nos libertés pour une place de garçon de peine au service « de la légitimité,* et ceux qui les vendraient pour du « sang à une usurpation de leur choix, et ceux qui, « n'étant ni de l'un ni de l'autre bord, restent im-« mobiles au milieu, on est bien embarrassé. » (Page 33.)

« *Les systèmes politiques ne m'ont jamais ef-« frayé;* je les ai tous rêvés; il n'y a point d'idées « de cette nature dont je n'aie cent et cent fois « parcouru le cercle. J'en suis arrivé à ce point, « *que je ne crois ni aux peuple ni aux rois.* Je crois « à l'intelligence et aux faits qui composent toute la « société. *Personne n'est plus persuadé que moi de « la perfectibilité de la nature humaine.....* » (Même page.)

« Je dois avertir la jeunesse que........ on se mo-

« que d'elle........; que *cette admirable portion de la* « *France* n'abuse pas de ses forces! » (Page 34.)

« Sans préjugé d'aucune sorte, c'est donc pour « mon pays que je déplore une subversion *trop ra-* « *pide*. J'aurais désiré qu'on se fût arrêté à l'inno- « cence et au malheur. La barrière était belle. *L'é-* « *tendard de la liberté y aurait flotté avec moins de* « *chances de tempêtes*, et tous les intérêts s'y se- « raient ralliés. La jeunesse aurait été appelée natu- « rellement à prendre possession d'une ère qui lui « appartenait. On franchissait deux degrés; *on se* « *délivrait de vingt-cinq ou trente ans de caducité;* on « avait un enfant *qu'on eût élevé dans les idées du* « *temps, façonné aux opinions* et aux besoins de la « patrie; *on aurait fait tous les changemens que l'on* « *aurait voulu à la Charte et aux lois*. Ajoutez de la « gloire, ce qui était facile, à cette entrée de rè- « gne, au milieu de la plus abondante liberté, *et* « *vous auriez fait de ce règne une des grandes épo-* « *ques de nos fastes*. » (Pages 34 et 35.)

« Je crois qu'en appelant autour de *Henri de* « *Béarn* les hommes forts......, *tous les chefs énergi-* « *ques du passé libéral et militaire*, tous les talens, « *toute la jeunesse*, on aurait facilement dompté les « veneurs, les douairières, les inquisiteurs et les pu- « blicistes de Saint-Germain et de Fontainebleau. » (Page 37.)

« Moi, je ne crois point au droit divin. » (Page 43.)

Voilà le royalisme de M. de Chateaubriand à la fin de mars 1831! voilà son dévouement à la légitimité! Et quand il termine sa brochure par cette déclaration : « C'est en faveur de quelques têtes qu'on « veut proscrire que je publie mon opinion, » il nous semble que c'est par trop se moquer du monde, et qu'il y aurait en vérité plus que de la bonhommie à s'y laisser prendre.

Mars 1831.

ÉPITRE

A M. LE VICOMTE DE CHATEAUBRIAND,

SUR SA DERNIÈRE BROCHURE.

. . . . Quantùm mutatus ab illo !
VIRG., *Æneid.*

Toi dont tant de lauriers couronnèrent les veilles,
Dont la plume éloquente et féconde en merveilles,
Enseignant à la prose un langage inconnu,
Défia, dans un vol aux astres parvenu,
L'art divin dont Racine au Ciel porta la gloire,
Et long-temps à nos yeux balança la victoire ;
Le mortel dont la main t'ose adresser ces vers,
N'est point de ton génie un ennemi pervers.
　Oh ! combien m'ont coûté de soupirs et de larmes
Ton Atala mourante et ses chastes alarmes (1) !
Que de fois j'admirai ce livre précieux
Où le Parnasse apprend à chanter pour les Cieux (2) !
Quels transports m'inspiraient ces pages enflammées
Des éclairs de la lance et du feu des framées,
Où ton génie ardent, des Francs et des Gaulois
Ranime la poussière et chante les exploits (3) !

O rives de l'Alphée! ô monts de Laconie!
Que j'aimais de vos bois la paisible harmonie,
Et ces tableaux charmans où, d'un pinceau si pur,
Le poëte du Ciel étend sur vous l'azur,
Et mêle avec tant d'art à l'ombre transparente,
Des astres de la nuit la lumière mourante (4)!
Triste Jérusalem! avec quel saint effroi
Je suivais ces accents pleins d'amour et de foi,
Qui, dans ta morne enceinte, aux larmes consacrée,
Guidaient mes pas tremblans vers la Tombe sacrée (5)!
Qu'avec ravissement je dévorai des yeux
Cet écrit qui, vengeant et la Terre et les Cieux,
Fit chérir les Bourbons en les faisant connaître
Aux générations qu'ils n'avaient pas vu naître (6)!
Comme je disputais à d'avides regards
Ces foudres éloquens et ces rapides dards
Qui, par ta noble main dirigés sur Decaze,
Changèrent tout-à-coup son Olympe en Caucase
Où, d'un aigle vengeur chaque jour assailli,
Sous ses coups mille fois son cœur a défailli (7)!
Qu'il m'arracha de pleurs, qu'il embrâsa mon âme,
Ce récit rayonnant d'une divine flâme,
Qui nous peignit la couche et les derniers instans
D'un héros poignardé qui mourut si long-temps (8)!
Qu'avec toi j'applaudis à la chute des traîtres
De qui le pied glissa dans le sang de leurs maîtres (9)!
Ah! qui m'eût dit alors que je verrais un jour,
Indignement chassé du céleste séjour,
L'aigle de Jupiter avilir son naufrage,
Des Titans étonnés mendier le suffrage,

Transfuge sans pudeur, ramper à leurs genoux,
Contre le roi du Ciel leur offrir son courroux,
Et, leur vendant enfin sa foudre criminelle,
Dans leur sein réchauffé, les flatter de son aîle!
De tant d'abaissement le spectacle odieux,
La rougeur sur le front, m'a fait baisser les yeux;
Et ta gloire, long-temps me faisant violence,
Chère à mes souvenirs, m'imposa le silence:
Mais un écrit nouveau par ta fureur dicté,
Ne permet plus ce rôle à ma fidélité;
Et quand ta haine encor frappe un pouvoir à terre,
Mon indignation ne saurait plus se taire.
Oui, j'adore toujours ton génie immortel;
Mais d'un encens menteur parfumer son autel,
Mais lui sacrifier, d'une main fanatique,
La Raison, la Vertu, la Morale publique,
Non!.... dût-il s'offenser de ma témérité,
Plus encor que Platon j'aime la Vérité.
Tu ne l'aimes pas moins, si nous voulons t'en croire;
Tu la dis au Génie, au Pouvoir, à la Gloire;
Au Malheur même, hélas! tu ne l'épargnes pas:
Si son langage alors a pour toi tant d'appas,
Quand il s'adresse à toi tu ne saurais prétendre
Etre seul dispensé du plaisir de l'entendre.
Entends-la donc, grand homme! et, sans te dépiter,
De ses rudes conseils tâche de profiter.
Ne prends point ce discours pour un défi de guerre;
Ne t'embarrasse point si d'un talent vulgaire,
Si d'un génie obscur elle emprunte la voix;
Et, pour mieux l'écouter, descends de ton pavois!

Près d'un chêne abattu, quand le fer va le fendre,
J'ai vu le bûcheron feindre de le défendre,
Et, pour en écarter les enfans des hameaux,
Arracher son feuillage et rompre ses rameaux.
De ton dernier combat c'est l'image fidèle.
Ce rustre, on le croirait, t'a servi de modèle.
Ta haine pour tes rois, facile à deviner,
Feint de les secourir pour les assassiner.

Ah! si vraiment tu crois aux torts que tu leur prêtes,
D'une rage acharnée odieux interprètes,
Assez de furieux, de sarcasmes brûlans,
Avaient depuis huit mois, dans des écrits sanglans,
Sur la rive étrangère où le Ciel les délaisse,
Poursuivi le malheur, l'exil et la vieillesse,
Sans que, d'un vil stylet les poignardant ainsi,
Tu leur fisses redire : « Et toi, Brutus, aussi! »

« Mais, bravant mes talens, le journal qui me prône (10),
Les ingrats m'ont chassé loin des marches du trône!
Tandis qu'ils couronnaient d'imbécilles faveurs
Des tartufes de cour les menteuses ferveurs,
Et de vieux ennemis s'environnaient sans crainte,
La réprobation sur mon front fut empreinte;
Et cordialement dans l'univers, je croi,
La Restauration n'a repoussé que moi (11)! »
Hé! quand il serait vrai? quand avec perfidie
Pour détruire un rival aucune intrigue ourdie
Ne t'aurait mérité le douloureux affront
Dont leur disgrâce insigne humilia ton front,
Est-ce en prenant la Haine et la Rage pour guide,
Est-ce en levant sur eux une main parricide,

Que tu prouvais qu'en toi leur cœur dût se fier?
Etait-ce à Tisiphone à te justifier?
Pour confondre une infâme et noire calomnie,
Un moyen te restait, digne d'un grand génie,
Digne d'un noble cœur, d'un cœur tel que le tien :
D'une ingrate puissance être encor le soutien;
En dépit de ses torts lui demeurer fidèle;
A d'injustes rigueurs n'opposer qu'un beau zèle;
Redoubler de courage à défendre ses droits;
Dédaigné d'eux, combattre et mourir pour tes rois,
Voilà, Chateaubriand, le plaidoyer sublime
Qui, détrompant ton prince et forçant son estime,
Eût, même à tes rivaux sous ta gloire abattus,
Fait comme ton génie adorer tes vertus.
Qu'as-tu fait cependant, et quel fatal délire
De deux chemins divers t'a fait sans honte élire
Celui qui présentait un abîme à tes yeux,
Et dédaigner celui qui t'eût conduit aux cieux?
Se peut-il qu'on ait vu, dans sa colère injuste,
Du trône et des autels le défenseur auguste,
Démentant son génie et ses chants immortels
Saper les fondemens du trône et des autels (12),
Et du temple où long-temps fuma son sacrifice,
Son infidèle main démolir l'édifice?
Ainsi le fier Bourbon, mécontent de son roi,
A l'aigle des Césars courut offrir sa foi,
Foula nos Lis sanglans aux plaines de Pavie,
Et de François-Premier mit en danger la vie :
Ainsi Coriolan, banni par les Romains,
Au sang de sa patrie osa tremper ses mains,

Et des Volsques vaincus ranimant les cohortes,
O Rome! ramena l'épouvante à tes portes.
Le sort de ces guerriers ne t'est pas inconnu,
Ni par leur trahison le salaire obtenu (13).
Un transfuge aux égards n'a pas droit de s'attendre;
A l'estime jamais il ne saurait prétendre;
Et le maître qu'il sert, de l'œil suivant ses pas,
Sait employer son zèle, et ne s'y fier pas.
Telle fut de ta Muse altière et mutinée
Dans le camp libéral la triste destinée.
On l'enivra d'abord d'un tourbillon d'encens;
Ceux de qui les brocards, les sifflets indécens,
Avaient depuis vingt ans persécuté ta gloire,
T'ouvrirent à genoux le temple de Mémoire,
Et ton orgueil, charmé d'y voir traîner ton char,
De l'adulation savoura le nectar :
Mais, hélas! succédant à la joie éphémère,
La honte en dut bientôt rendre la coupe amère!
Quel supplice, en effet, quel opprobre pour toi,
Du Parnasse français le héros et le roi,
D'entendre à tes côtés maint barbouilleur insigne
De sa voix de corbeau couvrir le chant du cygne!
Quel affront, de te voir égaler à Hugo,
Le chantre des Martyrs au dieu du Vertigo!
D'avoir pour compagnons de ta gloire suprême,
Dumas et d'Arlincourt, Tracy, Gassicourt même;
Et de voir avec toi porter aux Cieux Brissot,
Tôchon, Buchon, Trognon, Dovalle, Petissot (14),
Le minuscule Jay, Dumesnil le morose,
Et le fade Jouy, ce vieux papillon rose!

Le vainqueur d'Austerlitz là-bas souffrirait moins,
Ayant César, Turenne et Condé pour témoins,
Si sur la même lyre il entendait Orphée
Célébrer avec lui le général Morphée (15).
C'est peu; du droit d'asyle on t'imposa le prix :
Il fallut de l'Europe affronter le mépris,
Et, changeant de langage ainsi que de systèmes,
Sur ton ancienne foi lancer tes anathèmes (16).
Tel qu'un ange tombé du céleste séjour,
Renégat furieux, on te vit chaque jour,
Prostituant ta voix aux apôtres du crime,
Faire la guerre au Ciel, et plaider pour l'Abîme.
O honte! en ce combat funeste au genre humain,
Il n'était pas un trait envoyé par ta main,
Qui, volant vers le but désigné par leur rage,
Ne rencontrât ton nom et ta gloire au passage;
Et, dressé par tes soins pour arrêter l'Erreur,
Toujours quelque rempart repoussait ta fureur,
Toujours de ses créneaux, pour te réduire en poudre,
Tu voyois vers ton front voler ta propre foudre.
Le monde alors t'a vu, honteux, désespéré,
Et détestant le bien par ton zèle opéré,
Pour en faire une immense et sanglante ruine,
Employer tour-à-tour et la bombe et la mine,
Et n'avoir point de cesse en ce terrible emploi,
Tant qu'une pierre encor fut debout devant toi.
Cependant, d'un œil sombre observé par tes maîtres,
Toujours de trahison soupçonné par des traîtres,
Ton oreille superbe entendit ces tyrans
Vingt fois traiter de peur tes remords déchirans,

A ton bras fatigué reprocher sa faiblesse,
Et railler de ses coups la timide mollesse.
Oh! que de fois sans doute, ébranlant les Enfers,
Ton génie indigné voulut briser ses fers,
Abjurer ses fureurs, leur imposer silence,
Et des suppôts du Crime écraser l'insolence!
Malheureux! délaissé par le Pouvoir divin,
Dans leurs lacs odieux tu t'agitais en vain.
Tel, d'un pacte infernal imprudente victime,
Faust en vain s'efforçait d'échapper à l'Abîme (17).
Tel, ce fier don Juan (18), dont le hardi flambeau
Tout-à-l'heure insultait aux secrets du tombeau,
Qui, marchant entouré de sinistres miracles,
Se raillait du Ciel même et bravait ses oracles,
Sitôt que, défiant un pouvoir plus qu'humain,
Il ose au Commandeur abandonner sa main,
Et sent la main de marbre où la sienne est captive,
Brûler d'un feu vengeur, d'une ardeur destructive,
Il se trouble, il s'écrie, il pâlit de terreur;
Ses cheveux sur son front se hérissent d'horreur;
On le voit, entraîné, jusqu'à la mort, combattre,
Résister, se roidir, se courber, se débattre,
Et du marbre, pour rompre un infernal hymen,
S'efforcer d'arracher son imprudente main :
Rien n'arrête les pas de ce vengeur terrible,
Du courroux du Très-Haut instrument impassible.
—Marche! — Où m'entraînes-tu? — L'Eternité t'attend.
— Arrête, par pitié! — Marche! — Encore un instant!...
— Marche! — Ciel! j'aperçois des abîmes de flâme!...
Déjà l'Enfer saisit et dévore son âme.

Ainsi tu te livras, par l'orgueil entraîné;
Ainsi tu t'agitais par l'Enfer enchaîné.
Il fallut jusqu'au bout porter son joug funeste;
Chaque jour de ta gloire éteindre quelque reste;
Etouffer du remords les cris accusateurs;
Et combattre, indigné, pour des dieux imposteurs.
Mais ces tristes combats du moins ont-ils encore
Aux palmes, aux lauriers dont ton front se décore,
Ajouté quelque feuille et des fleurons nouveaux?
Non; tu fus égalé par tes moindres rivaux
Dans ces joûtes où l'Art, de fleurs semant la lice,
Doit armer les tenans des traits de la Malice,
Et, semant l'épigramme et le sel à foison,
D'un léger badinage égayer la Raison.
On ne reconnut plus Pindare journaliste.
Tes traits furent pesans; ton rire parut triste;
Ton style furieux et ton sarcasme amer
Rappelaient trop ce mal qu'on guérit à la mer (19).
Mais si ton attentat, blessant tout cœur honnête,
D'aucun rayon nouveau ne couronna ta tête,
Il ébranla des rois la sainte autorité,
La cause de l'Honneur et de la Vérité.
Comme on vit Lucifer entraîner à sa suite
D'anges ambitieux une foule séduite,
Et leur défection, laissant les Cieux déserts,
De Trônes, de Vertus, enrichir les Enfers (20),
D'imprudens apostats de nombreuses phalanges
Coururent sur tes pas joindre nos mauvais anges.
Tout ce qui, pour atteindre au céleste séjour,
Entre les rangs des saints n'avait pu trouver jour,

Et d'un regard d'envie, au dessus des corniches,
Voyait les bienheureux se carrer dans leurs niches;
Tout ce qui prétendait en talens, en savoir,
Surpasser de bien loin les mignons du Pouvoir,
Et s'impatientait de végéter à l'ombre,
Des réprouvés en foule alla grossir le nombre;
Et le camp tricolore accueillant leur troupeau,
Osa des fleurs-de-lis regarder le drapeau.
Alors chaque soleil vit un nouveau scandale;
Le Romain pour détruire appelant le Vandale;
Le fougueux Delalot et l'austère Bertin
A Benjamin Constant unis dans un scrutin;
Et, marchant au combat en sonnant la trompette,
Avec Chateaubriand, Decaze et Lafayette.
Accablant le bon droit, l'honneur, la loyauté,
Le nombre prévalut. La triste Royauté
Ne put qu'en reculant quelque temps se défendre :
Enfin le moment vint qu'il fallut ou se rendre,
Ou combattre; et l'on sut à ce point l'acculer,
De périr par la Charte ou de la violer.
Imprudente ou trahie, en des jours qu'on abhorre,
Elle tomba; le Monde en retentit encore.
Du volcan ton oreille entendant le fracas,
Maudit l'explosion que tu ne prévis pas;
Un tardif repentir glaça la main hardie
Qui long-temps sur la poudre agita l'incendie;
Et tu vins, sous la flamme et les fumans lambris,
De ta gloire, en pleurant, ramasser les débris.

Quel parti prendras-tu dans ce désastre immense,
Qui d'une haine aveugle accuse la démence?

Iras-tu, les suivant une seconde fois,
Offrir ton dévouement et ta plume à tes rois?
Leur salut en dépend; tu nous l'as dit naguère :
Cette plume immortelle est un foudre de guerre.
Par elle on peut toujours tout vaincre et tout primer,
Avec la liberté d'écrire et d'imprimer.
« *Qu'on renverse le trône, et qu'on me laisse écrire,*
« *Et pour le relever trois mois vont me suffire* (21), »
Disais-tu. Le Destin sert ta gloire à souhaits :
Ces viles passions, ces crimes que tu hais,
L'Orgueil, l'Impiété, la stupide Anarchie,
Ont renversé des Lis l'auguste monarchie;
La France comme un songe a vu fuir ses beaux jours;
Mais on imprime encore, et l'on écrit toujours.
Prends donc, Chateaubriand, prends ta plume terrible!
Tonne, éclate, et soudain tout ce chaos horrible
S'en va s'évanouir; à l'aspect du géant,
Les Lilliputiens vont rentrer au néant.
Pourquoi tant hésiter? Qui te retient encore?
« — Hélas! la plus obscure et chétive pécore
Pourrait dans un journal s'élever contre moi,
Et siffler mon retour à ma première foi;
Mon libraire a besoin de payer ses emplettes;
Cent articles sont faits pour mes *Œuvres complettes;*
Et dans tous les journaux, anarchistes ou non,
Je dois être vanté, prôné, chanté, sinon!... »
—J'entends. Eh bien! quittant le Lis pour la Tulipe (22),
Laisse là Henri-Cinq et sers Louis-Philippe.
—« Je le voudrais en vain.... Moi, lui servir d'appui!...
Non! plus j'y songe et plus je vois que je ne pui.

Je ne veux pas tomber dans cet opprobre extrême,
De me voir chaque jour opposer à moi-même,
D'armer mon long passé contre un court avenir,
D'être à chaque parole obligé de rougir,
De ne pouvoir me lire, après ce grand mécompte,
Et sans baisser la tête, et sans mourir de honte (23). »
—Ainsi donc, le silence est désormais ton lot?
Tu vas dans sa douleur imiter Delalot?
— « Non; je mourrais bientôt d'un oubli solitaire.
Je ne sais plus que dire, et je ne puis me taire.
Dussé-je rassembler la foule à son de cor,
Avant de m'en aller, je veux me plaindre encor. »
— De qui? — « De tous les sots (j'en ai de longues listes) (2
Un peu des libéraux, beaucoup des royalistes,
Mais surtout des Bourbons, et railler leurs faux pas;
Car, une fois blessé, je ne pardonne pas! »
Tel fut ton entretien, sans doute, avec toi-même;
Et, recourant encore à ton talent suprême,
Tu fis, défis, refis, et nous lanças enfin
La brochure où ton cœur se révèle au moins fin.
Qu'y trouvé-je en effet? le dépit ridicule
D'un nain désabusé qui se crut un Hercule (25);
L'effroi d'un esprit faux que tout vient démentir,
Honte, remords, fureur, et point de repentir.
Dans ce naufrage affreux, mortel atrabilaire,
A qui prodigues-tu les feux de ta colère?
A ces rois malheureux et d'absinthe abreuvés,
Pour souffrir mille morts de la mort préservés,
Et qui, long-temps l'objet de notre idolâtrie,
Ont, en trois jours, perdu trône, tombe et patrie!

A ces vieux serviteurs qui, dans leurs heureux jours,
Négligés quelquefois, mais les aimant toujours,
Voyaient sans murmurer leurs faveurs égarées,
Et jamais aux bienfaits de leurs mains révérées
Ne crurent qu'ils devaient mesurer bassement
Une fidélité cupide insolemment.
A qui réserves-tu les habiles éloges,
Les saluts caressans, les beaux martyrologes?
Aux vainqueurs!... à ce peuple aveugle et furieux
Qui s'en vint renverser un trône glorieux;
A ces blancs-becs nourris dans Athène et dans Rome,
Ameutant les faubourgs au nom des Droits de l'Homme,
Et qui font regretter à leurs instituteurs
Le bouleau salutaire et les pères-fouetteurs (26);
A ces tribuns haîneux qui, souillant notre histoire,
Condamnent à l'exil le Génie et la Gloire,
Et, recherchant partout l'or par Bourmont conquis,
Ont bien osé fouiller le cercueil de son fils (27)!
  Il valait mieux sans bruit à nos yeux te soustraire,
Coriolan de plume et Gondi littéraire!
Ou si tu ne pouvais bâillonner tes remords,
Avouer noblement et maudire tes torts,
Rompre des nœuds honteux, t'arracher à l'Abîme,
Et t'immortaliser d'un repentir sublime.
« Français! » pouvais-tu dire, « abjurez mes erreurs!
Français! n'en croyez plus mes jalouses fureurs!
Oui, dans l'enivrement de mon délire extrême,
Je vous ai tous trompés; je me trompais moi-même!
Par le ressentiment et la haine aveuglé,
En proie aux noirs conseils d'un orgueil déréglé,

Je fascinai vos yeux, j'égarai vos courages;
Sur le trône obscurci j'amassai les orages;
Je vous fis abhorrer ce qu'il fallait chérir;
Je fomentai des maux que j'eusse dû guérir;
J'ai fait votre malheur, vos erreurs et vos crimes;
Frappez-moi! mais plaignez vos royales victimes,
Et jusque dans l'exil, de parricides coups
Ne brisez point des cœurs qui gémissent sur vous! »
  Voilà, Chateaubriand, le généreux langage,
D'un repentir sincère auguste et noble gage,
Qui du Monde, indigné de ta désertion,
T'aurait rendu l'estime et l'admiration;
Et de Montmorency l'imitateur fidèle,
Plus coupable, eût en tout surpassé son modèle (28)!
En butte aux coups du Sort, crois-moi, sans la Vertu,
Le plus puissant génie est bientôt abattu;
Et cet art, ces talens, ce savoir qu'on renomme,
Composent tout au plus la moitié d'un grand homme.

NOTES

DE L'ÉPITRE A M. DE CHATEAUBRIAND.

(1) Ton Atala mourante et ses chastes alarmes.

Le roman poétique d'*Atala*, qui commença la réputation de M. de Chateaubriand.

(2) . . . . Ce livre précieux
Où le Parnasse apprend à chanter pour les Cieux.

Le Génie du christianisme.

(3) . . . . Ces pages enflammées
Des éclairs de la lance et du feu des framées,
Où ton génie ardent, des Francs et des Gaulois
Ranime la poussière et chante les exploits.

Chant VIe des *Martyrs.*

(4) O rives de l'Alphée! ô monts de Laconie!
Que j'aimais de vos bois la paisible harmonie,
Et ces tableaux charmans où, d'un pinceau si pur,
Le poëte du ciel étend sur vous l'azur,
Et mêle avec tant d'art à l'ombre transparente
Des astres de la nuit la lumière mourante!

Descriptions des nuits de la Grèce, dans le premier et le second chant des *Martyrs.*

(5) Triste Jérusalem! avec quel saint effroi
Je suivais ces accens pleins d'amour et de foi

Qui, dans ta morne enceinte aux larmes consacrée,
Guidaient mes pas tremblans vers la tombe sacrée!

Description de la Cité sainte, dans l'*Itinéraire de Paris à Jérusalem.*

(6) Cet écrit qui, vengeant et la Terre et les Cieux,
Fit chérir les Bourbons en les faisant connaître
Aux générations qu'ils n'avaient pas vu naître.

La brochure intitulée : *De Buonaparte et des Bourbons.*

(7) Ces foudres éloquens et ces rapides dards
Qui, par ta noble main dirigés sur Decaze,
Changèrent tout à coup son Olympe en Caucase
Où, d'un aigle vengeur chaque jour assailli,
Sous ses coups mille fois son cœur a défailli.

Articles de M. de Chateaubriand dans *le Conservateur* .

(8) Ce récit rayonnant d'une divine flamme,
Qui nous peignit la couche et les derniers instans
D'un héros poignardé qui mourut si long-temps.

Vie de S. A. R. Mgr le duc de Berri, par M. de Chateaubriand.

M. de Charmettes a reproduit ici un hémistiche de l'*Ode* ou *Chant funèbre* que sa douleur improvisa en quelque sorte à la première nouvelle de ce fatal évènement. Nous pensons que les lecteurs royalistes en reverront avec intérêt quelques strophes.

Génie au front sévère, ange qui de l'Histoire
Transmets à la mémoire
Les fastes recueillis sur des tables d'airain,
Ferme l'oreille aux cris de cette foule en larmes;
De la France en alarmes
Détourne tes regards, ou brise ton burin!

Puisse s'anéantir l'art fécond en merveilles,
Que tant de nobles veilles

Ont aux peuples charmés fait chérir si long-temps ;
Cet art par qui, dans l'ombre au vélin confiée,
Sans fin multipliée,
La parole immortelle échappe au cours du temps !

Eh ! quels faits assez beaux, quelles palmes célèbres,
De tes cyprès funèbres,
O prince infortuné ! pourraient voiler l'horreur ?
Le passé, l'avenir, d'une action si noire
Ont-ils assez de gloire
Pour racheter la honte et couvrir la fureur ?

Pour effacer ce sang a-t-il assez de larmes,
Ce peuple dont tes armes
Brûlaient de réparer les douloureux revers,
Et sur qui tes bienfaits venaient de se répandre,
Lorsque, pour te surprendre,
Dans l'ombre à tous les yeux se cachait un pervers ?

Dans le temple des Arts, la Danse, l'Harmonie,
A la voix du Génie,
De leurs enchantemens t'étalaient le concours ;
Le doux charme des vers, la pompe de la scène,
Dans la moderne Athène,
De tes derniers momens ont enivré le cours.

Cependant, sur le temple entouré de ténèbres,
De ses ailes funèbres
L'ange affreux du Trépas a suspendu l'essor ;
Et le pâle assassin, sous un portique sombre,
Erre à pas lents dans l'ombre
Où tu dois rencontrer son poignard et la mort.

L'heure arrive : il entend, il voit venir sa proie.....
D'une féroce joie
Son cœur a palpité, ses lèvres ont souri :
Il court, vole, et soudain d'un glaive parricide
Que l'Enfer même guide,
Cet autre Ravaillac frappe un autre Henri.

De ton sang adoré la pourpre répandue
D'une épouse éperdue

Rougit les vêtemens, couvre le chaste sein.....
Oubliant de frapper sa seconde victime,
Effrayé de son crime,
D'un pas tremblant s'échappe et s'enfuit l'assassin.

Peindrai-je cette couche aux tourmens consacrée,
De sanglots entourée,
Théâtre glorieux de tes derniers instans,
Où l'héritier des Lis, où l'espoir de la France,
D'une horrible souffrance
Endura le martyre et mourut si long-temps !

De ta sublime sœur, de ton généreux frère,
De ton malheureux père,
Redirai-je l'effroi, les augustes douleurs ;
Ton épouse égarée à la foule attendrie
Redemandant ta vie,
Et lisant ton trépas dans tous ces yeux en pleurs ?

Cependant, dans l'enceinte où la Mort te dévore,
Un peuple qui l'ignore,
A quelques pas de toi s'abandonne aux plaisirs ;
Dans l'asile où tu meurs à tant de maux en proie,
Les éclats de sa joie
Viennent comme insulter à tes derniers soupirs !

On entend les accords du sistre et de la lyre ;
On entend, ô délire !
Des accens de triomphe et des chants de bonheur.
Que dis-je ? on aperçoit, de la salle prochaine,
Dans les jeux de la scène,
Des Plaisirs et des Ris l'Amour guider le chœur !

Mais quel noble vieillard entre, pâlit, chancelle ?...
Un serviteur fidèle
Jusqu'à ce lit de mort conduit ses pas tremblans.
L'exil usa ses jours ; mais la terre natale,
A tout son sang fatale,
En tressaillant d'amour revit ses cheveux blancs !

C'est lui ! du roi-martyr c'est le vertueux frère !
Il ferme ta paupière,

Noble héritier des Lis ; et, priant avec foi,
De ses augustes mains sur ton front étendues,
Sont sur toi descendues
Les bénédictions et d'un père et d'un roi.

Héros ! c'en est donc fait ! cette brillante gloire,
Cette longue mémoire,
Ces palmes, ces lauriers qu'eût moissonnés ton bras,
Ce pompeux avenir, cette riche espérance
Sont perdus pour la France ;
Et la main d'un Français t'a donné le trépas !

Dans les strophes suivantes, qui furent une prophétie, M. de Charmettes prédit la naissance de Henri V, en dévouant à l'exécration universelle la mémoire du meurtrier du duc de Berri.

Que son nom soit maudit du couchant à l'aurore !
Que la tombe dévore
Avec lui, s'il se peut, jusqu'à son souvenir !
Périsse l'astre affreux, le jour qui l'a vu naître,
Et la place où le traître
De la race des rois moissonna l'avenir !

Mais non ! par le Très-Haut sa fureur fut trompée :
A sa rage échappée,
Une goutte d'un sang si fertile en héros
Promet un héritier à la race royale
Que sa main déloyale
Crut vouer toute entière à la nuit des tombeaux.

Jeune fille des rois, que ce penser ranime
Ton âme magnanime,
Et t'aide à supporter le fardeau des douleurs !
Qu'il vive, cet enfant, ce Lis si frêle encore !
Qu'il croisse et puisse éclore !
Qu'il s'élève au milieu des soupirs et des pleurs !

Ce fut le vœu de CHARLE à son heure suprême :
Dans cet autre lui-même

Tu te plairas un jour à retrouver ses traits ;
Tu croiras retrouver l'âme à tes vœux ravie,
Et peut-être la vie
Pour ton cœur maternel reprendra des attraits.

C'est en vain qu'en ses murs Parthénope rappelle
Une épouse fidèle
A son premier amour, à ses plus doux liens ;
Et ce n'est point au fond de la belle Italie
Que sera recueillie
La cendre où tant de pleurs se mêlèrent aux tiens.

Ces cheveux qu'aimait tant le héros que le glaive
A ton amour enlève,
Ces cheveux adorés qu'a moissonnés ta main,
Tu voudras quelque jour en ombrager la bière
Où sa noble poussière
En paix sommeillera sous le marbre et l'airain.

Cependant s'élevant sur de brillantes ailes
Aux voûtes éternelles,
L'immortelle victime a rejoint ses aïeux ;
Et pour ses assassins, pour sa triste patrie
Sa grande âme attendrie
Implore noblement la clémence des Cieux.

(9) Qu'avec toi j'applaudis à la chute des traîtres
De qui le pied glissa dans le sang de leurs maîtres !

Personne n'a oublié cette expression terrible, dont M. de Chateaubriand peignit la chute d'un ministre célèbre.

(10) . . . . Le journal qui me prône.

Il ne le prône plus. Le *Journal des Débats*, entièrement dévoué au gouvernement de Louis-Philippe, abandonne aujourd'hui M. de Chateaubriand, comme il en a abandonné tant d'autres.

(11) *Et cordialement dans l'univers, je croi,*
La Restauration n'a repoussé que moi.

« En vérité, je crois que la restauration n'a jamais cordialement repoussé que moi ! » (*De la Restauration et de la Monarchie élective*, page 36.)

(12) Saper les fondemens du trône et des autels.

L'expression est dure ; mais elle est juste, si M. de Chateaubriand est vraiment l'auteur d'une foule d'articles publiés dans le *Journal des Débats*, que tout le monde lui a constamment attribués, et qu'il n'a jamais nié être sortis de sa plume. Que M. de Chateaubriand déclare qu'il n'en est pas l'auteur, et les royalistes seront heureux de le croire, et le poëte biffera avec joie ce vers.

(13) Le sort de ces guerriers ne t'es pas inconnu,
Ni par leur trahison le salaire obtenu.

Tout le monde sait que Coriolan fut assassiné par les Volsques, furieux de ce qu'il n'avait pas profité de ses avantages pour s'emparer de Rome, réduite par ses armes aux dernières extrémités. Le sort du fameux connétable de Bourbon ne fut pas moins funeste : il éprouva tous les dégoûts réservés aux transfuges. « Accueilli tant qu'on le crut néces-« saire ; ménagé pour lui ôter le désir de revenir sur ses pas ; « exposé aux dédains des grands d'Espagne, aux jalousies des « généraux de Charles-Quint ; sans parti dans une cour étran-« gère, il ne lui resta que sa valeur et des regrets..... Lors-« qu'il apprit que son roi prisonnier était transporté à Ma-« drid, il s'empressa de s'y rendre..., pour ne pas être oublié « dans le traité qu'il croyait devoir se conclure promptement, « et qui fut si long-temps différé..... Ce fut dans cette cir-« constance que le connétable apprit qu'il ne devait pas « compter sur la parole que lui avait donnée l'empereur, de « lui faire épouser sa sœur. Obligé de dissimuler son dépit, « il retourna dans le Milanais, maintint l'Italie dans la ter-« reur de ses armes, et acquit sur les troupes qu'il comman-

« dait un ascendant qui le rendit suspect au cabinet de Ma-« drid. On le laissa manquer d'argent..... Voyant ses soldats « prêts à se débander, n'ayant rien à leur offrir pour les re-« tenir sous ses drapeaux, il les conduisit au siége de Rome, « dont il leur promit le pillage. Comme il montait le pre-« mier à la brèche, il fut frappé d'un coup mortel, le 6 mai « 1527, et expira à l'âge de trente-huit ans, sans laisser de « postérité. Rome n'en fut pas moins prise, et livrée à des « horreurs dont les détails font frémir. » (*Biographie universelle*, tome 5, article *Bourbon* (*Charles duc de*).

(14) . . . . Petissot.

Ce littérateur est un des journalistes qui, pendant quinze années, se sont montrés animés de la partialité la plus révoltante contre les écrivains monarchiques. Quelqu'un lui ayant demandé comment il était possible que son journal gardât le silence sur un poëme consacré à la gloire nationale : « Cet ouvrage, répondit-il, m'a paru si remarquable, révèle un si grand talent et est rempli de tant de beautés, que, non seulement je me préparais à lui consacrer une suite d'articles à la manière de ceux d'Addisson dans *le Spectateur*, mais que je me proposais d'en faire le sujet de rapprochemens honorables dans mon cours de littérature latine au Collége de France. Mais j'ai appris hier que l'auteur est un royaliste; tout ce que je puis faire en sa faveur, c'est de ne pas parler de l'ouvrage. »

(15) . . . . Le général Morphée.

Personne n'ignore à qui Rivarol donna ce nom après la nuit du 5 au 6 octobre 1789.

(16) Sur ton ancienne foi lancer tes anathèmes.

Ceci ne doit s'entendre que de la *foi politique* de M. de Chateaubriand; on ne doute point que l'auteur du *Génie du christianisme* ne soit demeuré aussi bon chrétien, aussi bon catholique même, qu'on peut l'être tout en faisant la guerre au clergé. Cela n'empêche pas qu'on n'ait trouvé, dans le temps, fort singulier, pour ne rien dire de plus, le choix que le ministère Martignac fit de M. de Chateaubriand pour l'ambassade de Rome. Elle donna lieu à l'épigramme suivante de l'auteur de ces épîtres :

Chateaubriand à Rome ambassadeur !
Chateaubriand, ce tout petit grand homme
Qui dénigrait l'Eglise avec autant d'ardeur
Qu'il la vanta jadis et chanta sa grandeur ?
Ma foi ! l'on dit bien vrai : Tout chemin mène à Rome.

(17) Tel, d'un pacte infernal imprudente victime,
Faust en vain s'efforçait d'échapper à l'Abîme.

Allusion au fameux drame de Goethe, dont Faust est le principal personnage.

(18) Tel, ce fier don Juan . . . . .

Principal personnage du *Festin de Pierre*.

(19) Ton style furieux et ton sarcasme amer
Rappelaient trop ce mal qu'on guérit à la mer.

On sait pour quelle terrible maladie on envoie, en France, plonger les gens dans la mer. Il ne s'agit pas ici de celle pour laquelle Sapho tenta le saut de Leucate.

(20) De Trônes, de Vertus enrichir les Enfers.

On appelle *trônes* et *vertus* deux des ordres des hiérarchies célestes.

(21) *Qu'on renverse le trône, et qu'on me laisse écrire,*
Et pour le relever trois mois vont me suffire.

Personne n'a oublié cette rodomontade, qui fit sourire la Chambre des pairs peu de mois avant la révolution de juillet.

(22) . . . . Quittant le Lis pour la Tulipe.

C'est-à-dire, en prose, *abandonnant la cocarde blanche pour la cocarde tricolore.* Nos lis les plus communs sont blancs ; et l'on sait qu'en général les tulipes sont des fleurs de couleurs variées, où le rouge domine.

(23) *Je ne veux pas tomber dans cet opprobre extrême*
De me voir chaque jour opposer à moi-même,
D'armer mon long passé contre un court avenir,
D'être à chaque parole obligé de rougir,
De ne pouvoir me lire, après ce grand mécompte,
Et sans baisser la tête, et sans mourir de honte.

« Je n'ai pas voulu me mettre en contradiction avec moi-même, armer mon long passé contre mon court avenir, rougir à chaque mot qui sortirait de ma bouche, ne pouvoir me relire sans baisser la tête de honte. » (*De la Restauration et de la Monarchie élective*, page 41.)

(24) « Avant de m'en aller, je veux me plaindre encor. »
— De qui ? — « De tous les sots (j'en ai de longues listes). »

« Il y a des hommes qui ont prononcé la déchéance de Charles X et de ses descendans, par devoir et dans la ferme conviction que c'est ce qu'il y avait de mieux pour le salut de la France.....

« Il y a des hommes qui ne pouvaient ni interrompre leur carrière, ni compromettre des intérêts de famille, ni priver leur pays de leurs lumières.....

« Il y a des hommes qui détestent la dynastie des Bourbons, et qui ont juré son exil.....

« Il y a des hommes qui, croyant à la souveraineté du peuple, ont voulu faire triompher ce principe suranné de la vieille école politique.....

« Il y a des hommes qui, après avoir prêté serment à la République une et indivisible, au Directoire en cinq personnes, au Consulat en trois, à l'Empire en une seule, à la première Restauration, à l'Acte additionnel, aux Constitutions de l'Empire, à la seconde Restauration, ont encore quelque chose à prêter à Louis-Philippe.....

« Il y a des hommes qui ont jeté leur parole sur la place de Grève, en juillet, comme ces chevriers romains qui jouent à *pair ou non*, parmi des ruines. Ces hommes n'ont vu, dans la dernière révolution, qu'un coup de dé ; pourvu que cette révolution dure assez pour qu'ils puissent tricher la Fortune, advienne que pourra ! Ils traitent de niais et de sot quiconque ne réduit pas la politique à des intérêts privés.....

« Il y a des peureux qui auraient bien voulu ne pas jurer, mais qui se voyaient égorgés, eux, leurs grands-parens, leurs petits enfans, et tous les propriétaires, s'ils n'avaient tremblotté leur serment.....

« Il y a de grands seigneurs de l'Empire unis à leurs pensions par des liens sacrés et indissolubles, quelle que soit la main dont elle tombe. Une pension est à leurs yeux un sacrement ; elle imprime caractère comme la prêtrise et le mariage : toute tête pensionnée ne peut cesser de l'être. Les pensions étant demeurées à la charge du trésor, ils sont restés à la charge de ce même trésor.....

« Il y a de hauts barons du trône et de l'autel, qui n'ont point trahi les ordonnances ; non ! mais l'insuffisance des moyens employés pour mettre à exécution ces ordonnances, a échauffé leur bile : indignés qu'on ait failli au despotisme, ils ont été chercher une autre antichambre.....

« Il y a des gens de conscience qui ne sont parjures que pour être parjures, qui, cédant à la force, n'en sont pas moins pour le droit. Ils pleurent sur ce pauvre Charles X, qu'ils ont d'abord entraîné à sa perte par leurs conseils, et ensuite mis à mort par leur serment. Mais, si jamais lui ou sa race ressuscite, ils seront des foudres de légitimité.........

« Enfin, il y a de loyaux chevaliers qui ont dans leur poche des dispenses d'honneur et des permissions d'infidélité..... » (*De la Restauration et de la Monarchie élective*, pages 42, 43, 44, 45 et 46.)

(25) . . . . Du dépit ridicule
D'un nain désabusé, qui se crut un Hercule.

Ce mot, *nain*, ne peut et ne doit s'entendre ici que de l'homme politique. L'auteur d'*Atala*, du *Génie du christianisme*, des *Martyrs*, etc., sera toujours un colosse littéraire.

(26) . . . . Et les pères fouetteurs.

On appelait ainsi, avant la révolution de 1789, dans les colléges des jésuites et des oratoriens, des valets chargés de fustiger les écoliers insubordonnés.

(27) Et, recherchant partout l'or par Bourmont conquis,
Ont bien osé fouiller le cercueil de son fils.

C'est un fait malheureusement trop avéré que, lorsque le cercueil renfermant le corps embaumé du jeune Bourmont est arrivé à Toulon, on a eu l'infâme audace de l'ouvrir et d'y fouiller. Le journal *l'Avenir* s'est élevé avec indignation contre cette profanation sacrilége.

(28) Et de Montmorency l'imitateur fidèle,
Plus coupable, eût en tout surpassé son modèle.

Personne n'a pu oublier la noble humilité et la courageuse candeur avec laquelle le feu duc Mathieu de Montmorency, devenu ministre de Louis XVIII, répondit aux députés du côté gauche, qui lui rappelaient avec aigreur sa conduite à l'Assemblée constituante, qu'il avait en effet, dans sa jeunesse, eu de grands torts politiques à se reprocher; que son roi avait daigné les lui pardonner, et qu'il consacrerait le reste de sa vie à les effacer par son zèle et son repentir. La Chambre, saisie d'admiration, ne put retenir ses applaudissemens ; et les hommes de la révolution, surpris d'une déclaration à laquelle ils étaient si loin de s'attendre, baissèrent, en rougissant, la tête devant le héros chrétien.

Épître

AUX DEUX CENT VINGT ET UN.

AVERTISSEMENT.

Les Chambres sont prorogées ; la dissolution de celle des députés, demandée avec fureur par les hommes du *mouvement*, paraît n'être différée que pour donner le temps de préparer les nouvelles listes électorales, la loi exigeant que de nouvelles élections aient lieu dans les trois mois de la dissolution.

Fatigués d'une session de neuf mois employés à démolir en grande partie l'ordre social, mais pendant lesquels on n'a rien su faire d'utile, d'indispensable, pas même un budget ; en butte au mécontentement, aux sarcasmes de tous les partis, la plupart de nos députés retournent chez eux l'oreille basse, et de très-mauvaise humeur.

Les deux cent vingt et un se font surtout remarquer par leur air soucieux et leur mine alongée : leur dévouement à la patrie était si beau, si noble, si désintéressé, que, dans l'abandon général où ils se trouvent, il est bien juste de leur adresser quelques consolations.

C'est l'objet de l'épître suivante.

Avril 1831.

EPITRE

AUX DEUX CENT VINGT ET UN,

SUR LA POPULARITÉ.

> Le peuple, dans son inconstance,
> Blâme, approuve sans examen.
> Celui que la veille il encense,
> Est immolé le lendemain.
>
> *Mazaniello*, acte III, scène 2.

Vous, dont j'ai vu partout la faveur populaire
Porter naguère aux cieux l'audace atrabilaire,
Maintenant baffoués, sifflés, battus, proscrits,
Fiers Deux cent vingt et un, c'est à vous que j'écris.
   O caprice! ô rigueur d'un sort inexorable!
Echantillon cruel, exemple mémorable
De la fragilité des honneurs d'ici-bas!
Après tant de travaux, de si nobles combats,
Faut-il voir de laurier vos têtes dépouillées,
Fuir ceintes de chardon, de pomme et d'œuf souillées?
Car, avant peu de jours, une sourde rumeur,
Vous promet cet affront dont Barthe eut la primeur (1).

Des écoles déjà la Jeunesse pensante (2),
Savante, discutante, et surtout agissante,
De son artillerie emplit les magasins,
Et du Palais-Bourbon saisit les lieux voisins.
De ces fiers assaillans, par une fuite heureuse,
Puissiez-vous esquiver la mitraillade affreuse,
Et ne pas revenir dans vos départemens
Tout froissés et jaunis de leurs emportemens!
   Qu'il ressemblera peu, ce retour ridicule,
A l'accueil que reçut maint héros minuscule,
Quand de votre mérite un tas de sots épris
Venaient de vos hauts faits mettre à vos pieds le prix,
Et, trépignans de joie et pleurans de tendresse,
Elevaient jusqu'aux cieux votre fameuse adresse (3)!
Bordeaux offrait ses vins et Verdun ses bonbons;
Bayonne de lauriers dépouillait ses jambons;
Et la Flandre ravie aux touffes d'immortelles
Sur vos fronts rayonnans enlaçait ses dentelles.
Qu'êtes-vous devenus, arcs triomphaux, bouquets,
Cavalcades, discours, bals, lampions, banquets
Où de ses députés une foule en extase
Recueillait chaque mot, répétait chaque phrase,
Et, d'avance admirant, même sans rien saisir,
Frissonnait d'allégresse et pâmait de plaisir?
Qu'êtes-vous devenus, nocturnes promenades,
Joûtes sur l'eau, concerts, brillantes sérénades,
Des Rossini du lieu savans charivaris;
Tendres remercîmens, pompeux amphigouris
Que, d'un balcon d'auberge, entre quatre chandelles,
A la foule adressaient les orateurs-modèles?

Le bronze allait bientôt transmettre à l'avenir
De leur beau dévouement l'immortel souvenir (4);
Tous leurs noms, réunis sur l'auguste médaille,
A l'immortalité devaient suivre Pataille.
Attendant que le marbre eût reproduit leurs traits,
Jusque sur les mouchoirs on gravait leurs portraits (5),
Et l'Admiration, l'Amour universelle,
Se mouchait sur Bavoux et crachait sur Corcelle.

Ces beaux jours sont passés. Députés malheureux,
Vous partez sans trompette, et, de l'ombre amoureux,
Jusqu'aux yeux enfoncez, de peur qu'on ne vous voie,
La modeste casquette et le bonnet de soie;
Hors du coche, au chef-lieu vers le soir arrivés,
Vous vous glissez sans bruit et vous vous esquivez:
Heureux si, dans la foule, au milieu des lanternes,
Essuyant ses gros yeux et ses besicles ternes,
Quelque fâcheux ami ne vous reconnaît pas,
Et, se précipitant au-devant de vos pas,
Par ses embrassemens, à toute la cohue,
Ne vous dénonce, hélas! et ne fait qu'on vous hue.

Que si vous échappez à ce premier écueil,
Des salons du pays n'affrontez pas l'accueil.
Du préfet tricolor fuyez les accolades;
Fermez votre logis, feignez d'être malades;
Ou bien préparez-vous à subir des sifflets
Le feu roulant terrible, et d'affreux camouflets.

A vos chers commettans que pourriez-vous répondre?
Je les vois tour à tour, ardens à vous confondre,
Remettre sous vos yeux de lumière privés,
Tant de bienfaits promis, tant de maux arrivés.

« Sont-ce là, » vous dira le châtelain champêtre
Dont le cerveau brûlé respire le salpêtre,
Et qui, des gens de cour secrètement jaloux,
Enviait leurs cordons et leurs beaux andaloux,
« Sont-ce là les honneurs et la haute importance
Qu'à mes quatre quartiers promit votre jactance,
Quand, dans vingt entretiens, vous fîtes si bien voir
Qu'il fallait de la Cour entraver le pouvoir,
Et que, fait pour monter aux dignités premières,
On rendait peu justice à mes hautes lumières?
Je vous crus; et, pensant produire un grand effet,
Je ne me rendis pas au dîner du préfet;
Je le laissai morfondre à sa table déserte;
Et la Défection, si follement diserte,
Au sortir du collége où pour vous je votai,
Au banquet libéral m'entraîna tout crotté.
Y trouvant réunis tous les noms qu'on méprise,
Je commençais enfin d'entrevoir ma méprise;
Mais vingt comtes, marquis, chevaliers et barons,
Pêle-mêle atablés au milieu des larrons,
Dissipèrent ma honte, et dans ses flots bachiques
Le Champagne noya mes regrets monarchiques.
« Qu'en est-il résulté? les chiffres libéraux
Notablement grossis grâces à nos zéros,
Dans la chambre élective un beau jour l'emportèrent (6).
Mille sages avis en vain nous exhortèrent
A quitter vos drapeaux par Tirecuir salis,
Pour nous rallier tous à l'étendard des Lis;
Le Trône en vain parla (7); nous n'en tînmes nul compte.
Je ne sais quel délire ou quelle fausse honte

Nous retint dans vos rangs : la Raison succomba ;
Vous fûtes réélus..., et le Trône tomba.
« Nous vous avions nommés, l'Europe en est instruite,
Pour défendre la Charte ; et vous l'avez détruite :
Pour éclairer le Roi ; vous vous réunissez
Trente-neuf ou quarante, et vous le bannissez !
C'est peu ; vous vous hâtez de nous en faire un autre,
Sans qu'il nous soit permis d'y rien mettre du nôtre !
« Certe, on nous refusait de trop justes respects :
C'est bien pis aujourd'hui ; nous voilà tous suspects,
Et, comme tels, chassés, ainsi que des mairies,
Des conseils où siégeaient nos rurales pairies.
Des héros de juillet les marmots triomphans
Dans La Flèche et Saint-Cyr remplacent nos enfans ;
Et nos filles, aux murs où saint Denis préside,
Doivent céder la place au sang d'un régicide !
Bientôt il nous faudra, chassés de nos manoirs,
Y voir se cantonner ces petits tribuns noirs
Qui, naguère sortis du greffe ou de l'étude,
Se sont fait du parlage une longue habitude,
Ont rempli les hameaux du bruit de leurs exploits,
Et, la plume à la main, sautent sur les emplois. »
Comme le noble achève, à pas pesant s'avance
Le maire-laboureur tremblant pour sa chevance.
« Par vos conseils, » dit-il, « je m'étais procuré
Quinze ou vingt différens avec mon seul curé.
Tantôt, s'il ne venait m'encenser en personne,
La fabrique éprouvait mon humeur hérissonne ;
Tantôt je prétendais qu'il suivît au tombeau,
En pompe et précédé de maint et maint flambeau,

Un sot mort en athée, et que, dans l'autre monde,
L'Eglise de ses chants escortât l'âme immonde.
Ce n'est pas qu'envers nous il n'eût aussi des torts :
Il était quelquefois chicannier et retors;
Il tenait à l'argent, et, d'un œil de tendresse,
Regardait en passant la grange dîmeresse.
Des plaisirs du jeune âge incommode censeur,
Il manquait de prudence, et souvent de douceur.
Le son d'un violon lui dérangeait la tête.
Il aurait préféré que, tout un jour de fête,
Son troupeau, s'égayant de maint refrain gaillard,
Remplît les cabarets, s'entassât au billard,
A voir, sous un ormeau, ses ouailles en danse
Avaler la poussière et bondir en cadence.
Ses offices trop longs arriéraient nos repas,
Et, s'il montait en chaire, il n'en finissait pas.
Je n'oublierai jamais que, voyant à la file
Chacun dès qu'il prêchait gagner son domicile,
Un jour il fit fermer les portes du saint lieu,
Et jusques à la nuit nous parla du bon Dieu (8).
Mais, s'il faut aujourd'hui s'expliquer sans feintises,
De quelques jeunes fous ces dévotes sottises,
Tous ces petits abus, fruits d'un zèle étourdi,
Méritaient-ils les cris dont on fut assourdi?
Fallait-il pour si peu jurer haine et vengeance?
Ne valait-il pas mieux avoir quelque indulgence
Pour les écarts de l'âge et pour son trop d'ardeur?
Non; tout était perdu si d'abord Sa Grandeur
Ne chassait l'imprudent ainsi qu'un misérable,
Ou ne lui faisait faire une amende honorable!

« De notre ancien seigneur que m'aviez-vous prédit?
Ses pareils en secret n'employaient leur crédit
Qu'à nous mettre à la chaîne; et cent fois nous redîmes
Qu'ainsi que les curés soupiraient pour les dîmes,
Les nobles ne visaient qu'à grossir leur quibus
Avec les droits de chasse et vingt autres abus.
Chacun, nous écoutant, sentait son cœur se fendre.
« Vous seuls de tant de maux vous pouviez nous défendre;
Fallait donc vous nommer. En dépit du préfet,
Nous prétendîmes tous vous nommer en effet,
Et vous fûtes élus. Chacun croyait bien faire.
Oh! que nous avons là fait une bonne affaire!
Tout, renversé, brisé, mis en poudre et dissous,
Va sens-devant-derrière et sens-dessus-dessous.
Notre curé battu prend la fuite, et nous laisse
Sans extrême-onction, sans baptême et sans messe.
On m'impose un serment, et, dès le lendemain,
A la porte on me met, mon écharpe à la main (9).
Au logis revenu, mes enfans me gourmandent,
Ma femme a des galans, mes valets me commandent.
Les héros de juillet, errans de tous côtés,
Viennent dans mon buffet prendre des privautés,
Et de l'Egalité le dogme insupportable
De trente mendians environne ma table.
Mes blés sont ravagés par mille fainéans
Dont vos leçons ont fait autant de mécréans.
Mon successeur le voit et ne fait rien qu'en rire.
Dans mes champs dévastés, sans qu'il daigne en mot dire,
Notre garde-champêtre exerçant le champart,
De mes gerbes la nuit vient enlever sa part.

Mais ces maux ne sont rien; c'est repos et bonace
Au prix de l'ouragan dont le ciel nous menace.
Pour la troisième fois (car enfin, que sait-on?)
Voici venir du Nord le knout et le bâton,
Les lances de vingt pieds et les courtes casaques
Des houlans, des pandours, des baskirs, des cosaques;
Les réquisitions comme grêle pleuvant,
Et les emprunts forcés à la file arrivant! »

Le marchand vient ensuite, et sa mine piteuse
Annonce sa harangue et sombre et dépiteuse.
« Je trouvais très-mauvais que de petits bourgeois,
Sans songer que je tiens au commerce hambourgeois,
Et des souscriptions arrangeant seuls les listes,
Ne m'invitassent point à leurs bals royalistes;
Je trouvais fort blessant que notre sous-préfet
A la fête du Roi crût avoir assez fait
D'inviter avocats, médecins, militaires,
Greffiers, commis-greffiers, avoués et notaires,
Et laissât *mon épouse* exposée aux brocards,
Garder, l'aune à la main, son tulle et ses foulards (10):
Par vos soins mon dépit alla jusqu'au délire,
Et, pour me bien venger, je sus vous faire élire :
J'étais loin de m'attendre au fruit de mes succès,
Et qu'on verrait bientôt signaler ses excès,
Des greniers descendue et des bagnes sortie,
Une infâme canaille à ses chefs assortie,
Devant qui l'habitant dit aux villes bonsoir,
Le crédit au commerce, et l'argent au comptoir!
J'étais loin de prévoir qu'une cour citoyenne,
Gardant de nos bourgeois l'allure mitoyenne,

Poussât l'économie au point de ne penser
Qu'à trouver le secret de ne rien dépenser,
Et que la Royauté, craignant l'eau pluviale,
Sous son bras de son char portât l'impériale (11)!
Plein de vos beaux discours, je n'eusse jamais cru
Voir encor le budget de plus d'un tiers accru (12);
Du commerce français, frappé de banqueroute,
Les notabilités s'en aller en déroute;
Trente billets échus avorter dans ma main;
Mes magasins en proie à l'huissier inhumain;
Et, dans la perspective, après maint grapillage,
Papier et *maximum*, incendie et pillage! »

Sur le pas du marchand, le bourgeois à son tour
Entre et s'écrie : « Eh bien! vous voilà de retour :
Vous avez fait là bas un merveilleux ouvrage!
L'Autorité nouvelle entre-t-elle en sevrage?
Les lisières au dos, le bourrelet au front,
De tomber sur le nez craint-elle encor l'affront?
Avez-vous obtenu que sa mère-nourrice
Souffre qu'à marcher seul l'enfançon s'aguerrisse?
Etes-vous parvenus à donner au Pouvoir,
De l'air à respirer, du champ pour se mouvoir;
Ou, comme en un cachot, de peur qu'il ne remue,
La Révolution le tiendra-t-elle en mue?

« Vous n'y pouvez plus rien, dites-vous! En ce cas,
Pourquoi pendant quinze ans tant d'imprudent fracas?
Comment avez-vous eu l'audace et la folie
De briser, un par un, tous les nœuds dont on lie
Un peuple en proie au Vice, au Mensonge, à l'Erreur,
Si vous ne savez pas gouverner sa fureur?

D'un étalon fougueux pourquoi rompre les chaînes,
Si votre faible main n'en peut tenir les rênes,
Si, vous jetant à bas après deux ou trois bonds,
Il doit tout écraser sous ses pas furibonds?
« Vous n'y pouvez plus rien! Oh! la plaisante excuse!
Justement, malheureux! c'est ce qui vous accuse:
Qui ne sait rien construire et rien consolider,
A détruire jamais ne se doit hasarder.
« Hélas! qu'avez-vous fait? sous un sceptre équitable,
Chaque état jouissait d'un rang fort acceptable.
Le noble m'offusquait, et surtout le banquier;
Mais je primais du moins le marchand boutiquier.
Aujourd'hui tous les rangs à l'envi se confondent;
Sur les derniers de tous les épaulettes fondent;
Mon tailleur, à genoux devant moi le matin,
Mon sergent à midi, me traite de mutin;
Empressé d'étaler sa nouvelle importance,
Si je ne vais au pas, mon colonel me tance;
Et, lorsqu'on en fait deux si j'en hasarde trois,
C'est parce qu'il me fait des souliers trop étroits!
« Mais de ces changemens à mon avis le pire,
Celui-là dont mon cœur plus tristement soupire,
C'est que, trompant l'espoir en quoi je me complus,
Mon fermier, très-exact autrefois, ne l'est plus;
Et que de maint contrat mon notaire m'annonce
Qu'à payer l'intérêt le débiteur renonce. »
Le juge entre à ces mots. « De quoi m'a profité
D'avoir si bien, » dit-il, « par vos cris excité,
A peine inamovible, à l'ancien ministère,
Fait la guerre en tout lieu sans honte et sans mystère,

Et, signalant enfin ma tardive vertu,
Révélé sans péril un courage impromptu?
Il s'en est fallu peu qu'après votre conquête,
Nous ne soyons, malgré plus d'une humble requête,
De nos siéges brisés tombés avec fracas,
Tandis qu'en foule, huissiers, avoués, avocats,
Montant comme à l'assaut, à l'envi d'Encélade,
Des tribunaux tremblans essayaient l'escalade.
Et quand, grâce à Dupin, qui pour nous se commit,
A doubler nos sermens en masse on nous admit,
Dieu sait quelle fanfare et quels chants de victoire
Fit dans plus d'une cour éclater l'auditoire!
C'est peu : riche de vols et de rapacités,
Rollet l'emportera sur nos capacités,
Et la nouvelle loi, chiche de priviléges,
Nous ferme sur le nez la porte des colléges (13).
Avions-nous tant frondé pour voir de ces affronts
L'Ultra-libéralisme humilier nos fronts? »
« Je pourrais bien vous faire un semblable reproche, »
Dit emphatiquement l'avocat qui s'approche.
« Qui vous a mieux servis, vous fut plus dévoué,
Que l'avocat disert et l'adroit avoué?
L'avoué sans cliens et l'avocat sans causes,
Sont pourtant, sans qu'on puisse en deviner les causes,
De vos adjonctions durement écartés :
C'est implicitement dire aux autres : Partez!
Mais, dans l'exclusion que la loi nous inflige,
Le tort fait à la France est le seul qui m'afflige.
De quels puissans secours ce jaloux attentat
Vient de priver, ô Ciel! la tribune et l'Etat!

Est-ce vous qui saurez, affrontant la tempête,
Aux brocards, aux sifflets noblement tenir tête,
Et, deux heures durant, d'erreur bien convaincus,
Opposer au Bon Sens des poumons invaincus?
Est-ce vous qui saurez, pompeusement frivoles,
Ecraser la Raison sous un tas de paroles,
Et, par un feu roulant d'éblouissans éclairs,
Aveugler tous les yeux sur les points les plus clairs?
C'est nous dont, quarante ans, la brillante éloquence,
De cent principes faux tirant la conséquence,
Mit tout en question pour faire avec succès
A chaque vérité tour à tour son procès.
Tantôt dans les journaux, tantôt à la tribune,
Des Révolutions nous fîmes la fortune (14);
Et celle de juillet nous dut la vie encor;
Et nous l'aurions au loin conduite à son de cor;
Et nous aurions plaidé sa cause sainte en Prusse,
Dans les bivacs hongrois, sous les tentes du Russe,
Chez cent peuples armés autour de nous campans;
Et nous l'aurions partout gagnée avec dépens:
Mais par votre injustice à nulle autre seconde,
Vous glacez l'Eloquence en miracles féconde;
Et la Raison, du peuple évoquant les remords,
Dit déjà : Triomphons! les avocats sont morts. »

Alors, comme l'on voit d'un pommier de Neustrie
Dont la tige s'ébranle et la feuille est flétrie,
A grands cris, d'écoliers échappés des hameaux,
Un essaim ravageur assaillir les rameaux,
Et faire, à coups de gaule et de pierres sans nombre,
Tomber les fruits amers qu'il cachait sous son ombre;

Tel sur vous, à grands flots, je vois fondre à l'envi
Un essaim de censeurs de cent autres suivi,
Et tous, se suspendant à vos oreilles d'ânes,
D'un blâme universel se faire les organes.
C'est Lucullus flambé parmi ses hauts-fourneaux;
C'est Crésus embourbé dans les Quatre-Canaux;
C'est Mondor abusé d'une espérance fausse,
Et tombé dans l'abîme en jouant à la hausse;
C'est ce négociant qui tant a piaffé,
En faisant dans les draps, le sucre et le café (15);
C'est cet industriel qui, de quatre carrosses,
Ne conserve aujourd'hui qu'un haquet et deux rosses;
C'est de l'amphigouri ce poëte amoureux,
De la presse écarté par un sort rigoureux (16),
Qui, suffoqué de vers qu'il ne saurait répandre,
Meurt de pathos rentré s'il ne va pas se pendre;
Ce sont d'un vain espoir mille fous détrompés,
Qui par vos beaux discours quinze ans furent dupés.
Tous, exhalant en chœur des fureurs non-pareilles,
De malédictions remplissent vos oreilles:
« Cachez-vous! » disent-ils, « imprudens orateurs,
Qui d'une fièvre chaude ardens excitateurs,
Renversâtes un trône avec la populace,
Pour ne mettre, en vrais fous, qu'un pliant à la place (17);
Pauvres comédiens du parterre honnis,
Dont les rôles pompeux sont désormais finis,
Mais dont un fol orgueil aux regards de la France
Mit à nud la sottise et l'avide ignorance;
Gilles prétentieux et graves arlequins;
Quasi-monarchiens, quasi-républicains,

Embrouillés et perdus dans vos vœux guizotiques;
Jacobins à l'eau-rose et mulets politiques;
Preux qui, loin du combat vous cachant de grand cœur,
Le lendemain couriez au secours du vainqueur,
Et qui, quand de nouveau voici venir l'orage,
Retournez au logis chercher votre courage!
Puisse de nos erreurs l'utile souvenir
Du joug de vos pareils préserver l'avenir!
D'un exemple éloquent aux nations futures
Puissent servir un jour nos tristes aventures,
Et le Bon-Sens, vainqueur de la Ruse et de l'Art,
Repousser leurs Guizot et leurs Royer-Collard! »
  Tel est dans vos foyers l'hymne qu'on vous prépare,
O députés-principe (18)! et du peuple on s'empare,
Et romains, protestans, libéraux et verdets (19),
Tout crie en vous voyant: « Haro sur les baudets! »
  Je ne dis point: *Amen!* j'ai regret qu'on houspille
Des chiens qui chassent mal, et qu'un fouet les étrille;
Et, blâmant le bouleau qui vous excoria,
Je dis en soupirant: *Sic transit gloria!*
  Mais, s'il faut, entre nous, dire ce que j'en pense,
Je ne m'étonne point de votre récompense.
La Popularité, cette idole du jour,
Chez ses adorateurs ne fait pas long séjour.
C'est une courtisane inconstante et légère,
Prodigue à tout venant d'une amour passagère,
Qui ne sait dans vos bras comment elle arriva,
Qui sans raison se donne et sans raison s'en va.
On a vu tour à tour sa faveur inquiète
Chercher ou fuir Dupin, Bavoux et Lafayette.

Bailly, Péthion, Barnave, et Vergnaud, et Couthon,
Tallien et Marat, Robespierre et Danton,
Recherchant à l'envi ses féroces tendresses,
Ont d'abord obtenu ses perfides caresses,
Et bientôt éprouvant ses infidélités,
De leur tête un beau jour payé leurs privautés.
Quel ministre a jamais obtenu plus d'hommages
Que Necker, quand le peuple adorait ses images,
Et, de la Vérité pensant venger les droits,
Le portait en triomphe au palais de ses rois?
Un an fuit, et l'objet du culte populaire,
Haï du peuple, à peine échappe à sa colère (20)!
Quel roi, sans excepter Louis-Douze et Henri,
Fut plus que Louis-Seize aimé, vanté, chéri?
Que devint cet amour? l'Histoire épouvantée
Vous en racontera la suite ensanglantée.
Rois, ministres, et vous, mandataires élus,
Ne songez qu'aux devoirs qui vous sont dévolus,
Sans vous embarrasser d'une Faveur frivole
Qui trompe ses amans tôt ou tard et s'envole.
D'un populaire encens défendez vos cerveaux.
Aux chants de la sirène, en Ulysses nouveaux,
Sachez fermer l'oreille, et fuir loin du rivage
De ses embrassemens le cruel esclavage.
Leurs douceurs ne sont pas sans trouble et sans remord;
Et dans les voluptés elle cache la mort.
Pour vous, héros tombés, avec mainte chimère,
Du trône aventureux d'une gloire éphémère,
Humann, Agier, et vous que ce coup atterra,
Barthe, Dupin, Schœnen, Persil, *et cætera*,

Remettez-vous, Amis, d'une chute si lourde!
A vos tristes clameurs si la Fortune est sourde,
Rappelez-vous Pompée à Pharsale abattu;
L'Alexandre du Nord à Pultava battu;
Enfin de Waterlo contemplez la bataille:
Napoléon vaincu peut consoler Pataille.

NOTES

DE L'ÉPITRE AUX DEUX CENT VINGT ET UN.

(1) . . . . Une sourde rumeur
Vous promet cet affront, dont Barthe eut la primeur.

Il y a ici une erreur de fait, un véritable anachronisme qu'il importe de relever par respect pour la vérité historique. Ce n'est point M. Barthe qui a été le premier salué à coups de pommes cuites et d'œufs pourris par la jeunesse des Ecoles ; c'est M. Mérilhou. A tout seigneur tout honneur.

(2) Des Ecoles déjà la jeunesse pensante.....

Expression favorite de M. Benjamin Constant et de quelques autres flatteurs de la jeunesse.

(3) . . . . Votre fameuse adresse.

L'adresse dans laquelle, pour forcer Charles X à renvoyer des ministres qui n'avaient rien fait encore, mais qui déplaisaient à la majorité de la Chambre des députés, cette Chambre déclara qu'il ne pouvait y avoir *concours* entre elle et eux.

(4) Le bronze allait bientôt transmettre à l'avenir
De leur beau dévoûment l'immortel souvenir.

Une souscription avait été ouverte pour qu'une médaille

fût frappée en l'honneur des 221; tous leurs noms devaient y être réunis : on ne sait ce que ce projet est devenu, non plus que les sommes versées. Il semble que chaque souscripteur, sans être un nouveau Chicaneau, aurait bien droit de s'écrier :

. . . . Hé, rendez-donc l'argent!

Mais peut-être répondrait-on que les héros de juillet en ont eu besoin : il n'y aurait rien à répliquer.

(5) Attendant que le marbre eût reproduit leurs traits,
Jusque sur les mouchoirs on gravait leurs portraits.

Tout le monde se rappelle avoir vu en étalage, chez les marchands de nouveautés, ces mouchoirs de batiste imprimés, sur lesquels on avait réuni les portraits de tous les héros du Libéralisme.

(6) . . . . Les chiffres libéraux,
Notablement grossis, grâces à nos zéros,
Dans la Chambre élective un beau jour l'emportèrent.

Il est malheureusement trop vrai que c'est la défection d'un grand nombre de royalistes mécontens de n'avoir pas été placés par MM. de Villèle, de Corbières et de Peyronnet, qui forma dans les colléges électoraux, et, par suite, dans la Chambre des députés, la majorité qui amena le ministère de transaction, les exigences destructives de la prérogative royale, les concessions de M. de Martignac, sa chute, la fameuse adresse, les élections de 1830, et le naufrage de la Légitimité.

(7) Le trône en vain parla.

Proclamation de Charles X avant la session des colléges électoraux.

(8) Un jour il fit fermer les portes du saint lieu,
Et jusques à la nuit nous parla du bon Dieu.

Fait arrivé dans une petite paroisse de la Brie.

(9) On m'impose un serment; et, dès le lendemain,
A la porte on me met, mon écharpe à la main.

Il est très-remarquable qu'on n'a presque partout destitué les maires des campagnes qu'après leur avoir arraché, à force d'instances, le serment de fidélité à Louis-Philippe. La plupart ont appris qu'ils étaient remplacés, le lendemain de la prestation de ce serment.

(10) Je trouvais fort blessant que notre sous-préfet
A la fête du roi crût avoir assez fait
D'inviter avocats, médecins, militaires,
Greffiers, commis-greffiers, avoués et notaires,
Et laissât *mon épouse*, exposée aux brocards,
Garder, l'aune à la main, son tulle et ses foulards.

Le fait auquel ces vers font allusion s'est passé dans une petite ville de la Brie.

(11) Et que la Royauté, craignant l'eau pluviale,
Sous son bras de son char portât l'impériale.

Les journaux libéraux ont d'abord beaucoup loué Louis-Philippe de ce qu'il sortait à pied, en chapeau gris, et le parapluie sous le bras.

(12) Voir encore le budget de plus d'un tiers accru.

Il faudrait dire aujourd'hui *de plus de moitié*.

(13) . . . Riche de vols et de rapacités,
Rollet l'emportera sur nos capacités,
Et la nouvelle loi, chiche de priviléges,
Nous ferme sur le nez la porte des colléges.

On avait proposé d'adjoindre entre autres capacités, aux

électeurs par droit de contributions, les juges et les avocats, dont un très-grand nombre ne paient pas le cens électoral. Les députés-avocats ayant fait repousser les juges du nombre des adjonctions, les députés-juges en ont fait repousser les avocats.

(14) Tantôt dans les journaux, tantôt à la tribune,
Des révolutions nous fîmes la fortune.

Il y a long-temps que cette remarque a été faite pour la première fois. Les avocats firent la première révolution, qui livra la France à l'avocat Robespierre, et ils la gouvernèrent jusqu'au 18 brumaire, où Bonaparte déclara que *le règne du bavardage était fini* *. Ils ont certainement fait la seconde, aidés des journalistes, dont un grand nombre, au reste, étaient eux-mêmes des avocats, et ils se sont rués avec autant d'ardeur que leurs devanciers sur toutes les places lucratives du royaume.

(15) C'est ce négociant qui tant a piaffé,
En faisant dans les draps, le sucre et le café.

Faire dans les draps, faire dans les sucres, faire dans les cafés, etc., est une expression consacrée dans le commerce.

(16) C'est de l'amphigouri ce poëte amoureux,
De la presse écarté par un sort rigoureux.

Le commerce de la librairie est tombé si bas, que les romantiques eux-mêmes ne peuvent trouver à vendre leurs manuscrits.

* Cromwell avait proféré des paroles à peu près semblables, quand il dispersa le *long-parlement*. « Il est temps, » dit-il en se levant, après avoir écouté pendant une demi-heure les débats de cette assemblée, « il est temps de mettre fin *à tout ce verbiage.* »

(17) Qui renversez un trône avec la populace,
Pour ne mettre, en vrais fous, qu'un pliant à la place.

En supprimant de la Charte l'article 14, en accordant aux Chambres, concurremment avec la couronne, l'initiative des lois, et en soumettant à leur vote annuel le chiffre de l'armée, on a dépouillé l'autorité royale de tout moyen de résistance. Ce n'est pas là remplacer un trône par un autre; c'est mettre un simulacre à la place de celui qu'on a renversé. C'est en ce sens qu'il faut entendre les vers qui donnent lieu à cette note.

(18) O députés-principe!

C'est le nom que les journaux libéraux donnaient en 1830 aux 221 députés qui avaient voté la fameuse adresse.

(19) . . . . Verdets.

Le peuple appelle ainsi les royalistes dans une grande partie du Midi. Il appelle les libéraux *les nègres* ou *les noirs*.

(20) Quel ministre a jamais obtenu plus d'hommages
Que Necker, quand le peuple adorait ses images,
Et, de la Vérité pensant venger les droits,
Le portait en triomphe au palais de ses rois?
Un an fuit; et l'objet du culte populaire,
Haï du peuple, à peine échappe à sa colère!

C'est le 28 juillet 1789 que M. Necker, que le Roi avait été forcé de rappeler au ministère, arriva triomphant à Paris. Le 4 septembre 1790, il fut obligé de donner sa démission, et eut beaucoup de peine à regagner la Suisse. Delille a peint admirablement, dans les vers suivans, ces caprices de la Fortune :

Ah! si l'orgueil encor refuse de me croire,
Qu'il contemple Necker, et connaisse la gloire!

Jeune il avait déjà, dans ses emplois obscurs,
Pressenti la grandeur de ses destins futurs.
Elevé par degrés auprès du rang suprême,
Son roi le consultait, il était roi lui-même;
Paris l'idolâtrait. Adoré des hameaux,
On leur nommait Necker, ils oubliaient leurs maux.
Aux Français rassemblés sous ses fameux auspices,
Son astre promettait des destins plus propices.
Un exil triomphant ajoute à tant d'éclat;
En pleurant un seul homme, on croit pleurer l'Etat.
Partout le deuil est pris, la douleur ordonnée,
Les tribunaux déserts, la scène abandonnée.
Peuple heureux! calmez-vous, on le rend à vos vœux;
Préparez son triomphe, et rendez grâce aux dieux.
Il revient! Près de lui, siégeant en souveraine,
Sa fille, ivre d'honneurs, se croit bien plus que reine.
Les hommes, les chevaux, de sa gloire lassés,
Tardent trop de le rendre à nos vœux empressés.
Le rebelle désir de le voir reparaître
A brisé le pouvoir et détrôné son maître.
Parmi les cris, les vœux, les flots d'adorateurs,
Il vient! son char rapide échappe aux orateurs.
Infortuné! jouis quand tu le peux encore;
Le peuple peut demain haïr ce qu'il adore.
Il entre enfin! il entre! O douleur! ô regret!
L'idole s'est montrée, et le dieu disparaît.
Ainsi le peuple ingrat trahit le grand Pompée;
Tel plutôt un enfant rejette sa poupée.
Que dis-je? le dédain fait place à la fureur.
Poursuivi dans les bois, promenant sa terreur,
Des murs qu'énorgueillit sa triomphale entrée,
Précipitant dans l'ombre une fuite ignorée,
Il part; il va revoir ces lieux pleins de son nom,
Et témoins aujourd'hui de son triste abandon.
Mais un billet fatal a trahi son passage;
Au lieu de cris d'amour, j'entends des cris de rage.
Tout ce peuple qu'il vit, dételant ses coursiers,
S'atteler à son char couronné de lauriers,

Qui l'avait proclamé père de la patrie,
Tout honteux maintenant de son idolatrie,
L'insulte, l'emprisonne; aux mains de ses bourreaux
Il échappe avec peine; et pour comble de maux,
Présentant en spectacle à la haine vengée
Sa popularité par le peuple outragée,
A travers les débris du trône des Capet,
Il fuit, il se relègue au donjon de Copet,
Malheureux, et prêtant une oreille alarmée
Aux mourantes rumeurs de tant de renommée!

(L'Imagination, chant VII.)

FIN.

ÉPITRES

CONTENUES DANS CET OUVRAGE.

Librairie de C. A. Dentu.

Souvenirs

DE LA

CAMPAGNE D'AFRIQUE.

PAR

THÉODORE DE QUATREBARBES.

SECONDE ÉDITION,
revue et considérablement augmentée.

POSSIBILITÉ DE COLONISER ALGER.

PAR J. ODOLANT-DESNOS,

Ex-payeur-adjoint de l'armée d'Afrique, secrét. de la Société d'économie de Paris, chargé de recueillir des observations sur l'agriculture des environs d'Alger.

LA GARDE ROYALE

PENDANT LES ÉVÈNEMENS

DU 26 JUILLET AU 5 AOUT 1830.

PAR UN OFFICIER EMPLOYÉ A L'ÉTAT-MAJOR.

QUELQUES-UNES DES CAUSES PRINCIPALES QUI ONT AMENÉ

LA RÉVOLUTION DE 1830.

PAR UN ANCIEN MEMBRE DE LA CHAMBRE DES DÉPUTÉS.

SOUS PRESSE.

ANECDOTES HISTORIQUES

ET POLITIQUES

POUR SERVIR A L'HISTOIRE

DE L'EXPÉDITION D'AFRIQUE.

PAR M. MERLE,

Secrétaire du maréchal comte de Bourmont.

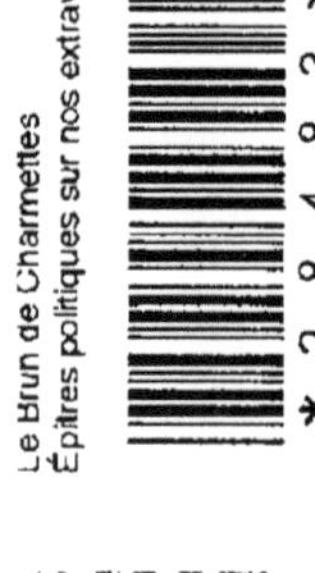

www.ingramcontent.com/pod-product-compliance
Ingram Content Group UK Ltd.
Pitfield, Milton Keynes, MK11 3LW, UK
UKHW012037240726
13965UKWH00003B/868